TRUMAN CAPOTE
FRÜHSTÜCK BEI TIFFANY

TRUMAN CAPOTE

Frühstück bei Tiffany

ROMAN

Aus dem Amerikanischen von
Heidi Zerning

Mit eigens angefertigten Modeskizzen
von Hubert de Givenchy

KEIN&ABER

Die Originalausgabe erschien 1958 unter dem Titel
Breakfast at Tiffany's bei Random House, Inc., New York.
Copyright © 1950, 1951, 1956, 1958 by Truman Capote
Copyright renewed 1978, 1979, 1984 by Truman Capote
Copyright renewed 1986 by Alan Schwartz

Original published in 1958 by Random House, Inc., New York
This translation published by arrangement with Random House,
an imprint of Random House Publishing Group,
a division of Random House, Inc.

Einmalige limitierte Sonderausgabe
Alle Rechte vorbehalten.
Copyright dieser Ausgabe © 2006/2024 by Kein & Aber AG Zürich
Cover- und Vorsatzpapierillustrationen: Hubert de Givenchy
Fotos im Buch: S. 5 © Pictiorial Press, Paramount Pictures,
S. 122 © Bettmann, Getty Images, S. 124 © Pictiorial Press
Covergestaltung: Nicholas Ditzler
Satz: Dörlemann Satz, Lemförde
Druck und Bindung: Mega Basım, Istanbul
ISBN 978-3-0369-5054-9

www.keinundaber.ch

*I*ch bin jemand, den es immer wieder zu den Orten hinzieht, wo er früher gewohnt hat, zu den Häusern und ihrer Umgebung. So steht in der Upper Eastside das Haus aus rotbraunem Sandstein mit meiner allerersten New Yorker Wohnung während der ersten Kriegsjahre. Sie bestand aus nichts weiter als einem Zimmer, vollgestopft mit Möbeln vom Dachboden, darunter ein Sofa und Polstersessel, bezogen mit jenem kratzigen roten Samt, der an heiße Tage in der Eisenbahn erinnert. Die Wände waren nur verputzt und hatten die Farbe von Kautabakspucke. Überall, sogar im Badezimmer, hingen uralte, braunfleckige Kupferstiche von römischen Ruinen. Das einzige Fenster blickte auf eine Feuertreppe. Trotzdem geriet ich jedes Mal in Hochstimmung, wenn ich den Wohnungsschlüssel in meiner Tasche spürte; bei all ihrer Düsternis war sie dennoch eine eigene Wohnung, meine erste, und meine Bücher waren da und Becher mit Bleistiften zum Anspitzen, alles, was ich brauchte, so fand ich, um der Schriftsteller zu werden, der ich sein wollte.

Es kam mir zu jener Zeit nie in den Sinn, über Holly Golightly zu schreiben, und es fiele mir wahrscheinlich auch jetzt nicht ein, wenn nicht durch ein Gespräch mit

Joe Bell die Erinnerungen an sie wieder lebendig geworden wären.

Holly Golightly war damals eine Mieterin in dem alten Sandsteinhaus; ihre Wohnung lag direkt unter meiner. Und Joe Bell, der betrieb gleich um die Ecke in der Lexington Avenue eine Bar; was er immer noch tut. Holly und ich, wir gingen beide sechs, sieben Mal am Tag dorthin, nicht auf einen Drink, jedenfalls nicht immer, sondern um zu telefonieren: während des Krieges war es schwer, einen privaten Telefonanschluss zu ergattern. Außerdem war Joe Bell so nett, Nachrichten für uns entgegenzunehmen, was in Hollys Fall keine kleine Gefälligkeit war, denn sie bekam haufenweise welche.

Natürlich ist das alles lange her, und bis vor einer Woche hatte ich Joe Bell seit Jahren nicht mehr gesehen. Hin und wieder sprachen wir uns, und wenn ich in der Gegend war, schaute ich in seiner Bar vorbei; aber eigentlich waren wir nie besonders gute Freunde, sondern beide nur Freunde von Holly Golightly. Joe Bell hat kein einfaches Naturell, das gibt er selber zu, er sagt, es liegt daran, dass er Junggeselle ist und zu viel Magensäure hat. Jeder, der ihn kennt, wird bestätigen, dass es nicht einfach ist, mit ihm ins Gespräch zu kommen. Und unmöglich, wenn man nicht seine Steckenpferde teilt, zu denen Holly gehört. Andere sind: Eishockey, Weimaraner Jagdhunde, *Our Gal Sunday* (eine Familienserie, die er sich seit fünfzehn Jahren anhört) und Gilbert und Sullivan – er behauptet, mit dem einen oder dem anderen verwandt zu sein, ich weiß nicht mehr, mit welchem von beiden.

Als am vorigen Dienstag spätnachmittags das Telefon klingelte und ich »Hier ist Joe Bell« hörte, wusste ich deshalb, dass es sich um Holly drehen musste, auch wenn er sie nicht erwähnte, sondern nur sagte: »Kannst du rasch mal hier vorbeischauen? Es ist wichtig«, wobei sich seine Krächzstimme vor Aufregung überschlug.

Bei strömendem Oktoberregen nahm ich mir ein Taxi, und während der Fahrt dachte ich sogar, sie könnte dort sein, ich würde Holly wiedersehen.

Aber nur der Wirt war da, sonst niemand. In der Bar von Joe Bell geht es im Vergleich zu den meisten anderen Bars in der Lexington Avenue ziemlich ruhig zu. Sie brüstet sich weder mit Neonlicht noch mit einem Fernseher. Zwei alte Spiegel geben das Wetter draußen auf der Straße wieder; und hinter dem Tresen, in einer Nische, umringt von Photos aller Eishockeystars, steht immer eine große Vase mit frischen Blumen, die Joe Bell höchstselbst mit hausfraulicher Sorgfalt arrangiert. Was er übrigens gerade tat, als ich hereinkam.

»Selbstverständlich«, sagte er und steckte eine Gladiole tief in die Vase, »selbstverständlich hätte ich dich nicht hergelotst, wenn ich nicht gerne deine Meinung hören würde. Aber es ist merkwürdig. Etwas sehr Merkwürdiges ist passiert.«

»Du hast was von Holly gehört?«

Er spielte mit einem Blatt, als sei er unsicher, wie er darauf antworten sollte. Er ist ein kleiner Mann mit vollem, kräftigem weißem Haar, und sein knochiger, langgezogener Kopf würde zu einem hochgewachsenen Mann wesentlich besser passen; sein Gesicht scheint immer sonnengebräunt zu sein; jetzt wurde es sogar noch röter. »Was von ihr gehört, kann ich nicht direkt sagen. Ich meine, ich weiß nicht. Deshalb will ich ja deine Meinung hören. Komm, ich mach dir einen Cocktail. Was ganz Neues. Nennt sich Weißer Engel«, sagte er und mixte halb Wodka, halb Gin, kein Wermut. Während ich das Ergebnis trank, stand Joe Bell da, lutschte an einem Tums-Kaubonbon und überlegte, was er zu erzählen hatte. Dann: »Erinnerst du dich an einen gewissen Mr. I. Y. Yunioshi? Einen Herrn aus Japan.«

»Aus Kalifornien«, sagte ich, mich bestens an Mr. Yunioshi erinnernd. Er ist Photograph bei einer Illustrierten, und in der Zeit unserer Bekanntschaft bewohnte er das Atelier im obersten Stock des Sandsteinhauses.

»Bring mich nicht durcheinander. Ich wollte nur wissen, ob du weißt, wen ich meine. So. Und wer anders als ebenderselbe Mr. I. Y. Yunioshi kommt gestern Abend hier reingeschneit? Seit über zwei Jahren hab ich den nicht mehr gesehen. Und was meinst du wohl, wo der in den zwei Jahren war?«

»In Afrika.«

Joe Bell hörte auf, seinen Tums zu zerkauen, seine Augen verengten sich. »Woher weißt du das?«

»Hab's bei Winchell gelesen.« Was den Tatsachen entsprach.

Er zog die Kasse auf und holte einen gelben Umschlag heraus. »Hast du das hier auch bei Winchell gelesen?«

In dem Umschlag steckten drei Photos, mehr oder weniger die gleichen, obwohl aus verschiedenen Winkeln aufgenommen: ein hochgewachsener, graziler Schwarzer in einem

Kalikohemd hielt mit scheuem, aber eitlem Lächeln eine seltsame Holzskulptur ins Bild, einen geschnitzten länglichen Kopf, den Kopf eines Mädchens, die Haare glatt und kurzgeschnitten wie bei einem jungen Mann, die glatten Holzaugen zu groß und schräg in dem spitz zulaufenden Gesicht, der Mund breit und übergroß, an einen Clownsmund erinnernd. Auf den ersten Blick ähnelte er den meisten primitiven Schnitzereien; aber dann doch nicht, denn er war Holly Golightly zum Verwechseln ähnlich, zumindest so ähnlich, wie ein dunkles, regloses Ding ihr sein konnte.

»Na, was hältst du davon?«, sagte Joe Bell, zufrieden mit meiner Verblüffung.

»Das sieht aus wie sie.«

»Hör mal, Junge«, und er schlug mit der flachen Hand auf die Bar, »das *ist* sie. So sicher wie das Amen in der Kirche. Der kleine Japs wusste, dass sie's ist, sobald er sie gesehen hat.«

»Er hat sie gesehen? In Afrika?«

»Na ja, bloß diese Skulptur. Aber das kommt aufs selbe raus. Lies selbst«, sagte er und drehte eins der Photos um. Auf der Rückseite stand geschrieben: Holzschnitzerei, S-Stamm, Tococul, East Anglia, erster Weihnachtsfeiertag 1956.

Er sagte: »Also der Japs sagt so«, und erzählte folgende Geschichte: Am ersten Weihnachtsfeiertag war Mr. Yunioshi mit seiner Kamera durch Tococul gekommen, ein Dorf irgendwo im Nirgendwo und ohne Belang, nur eine Ansammlung von Lehmhütten mit Affen dazwischen und Geiern auf den Dächern. Er hatte schon beschlossen, weiterzuziehen, als er plötzlich einen Schwarzen vor einer Hütte hocken und Affen auf einen Spazierstock schnitzen sah. Mr. Yunioshi war beeindruckt und wollte weitere seiner Arbeiten sehen. Woraufhin er den Mädchenkopf gezeigt bekam: und das Gefühl hatte, so erzählte Joe Bell, er sei in einen Traum geraten. Aber als er anbot, ihn zu kaufen, umschloss der Schwarze mit der hohlen Hand seine Geschlechtsteile (offenbar eine zärtliche Geste, vergleichbar der Hand auf dem Herz) und sagte nein. Ein Pfund Salz und zehn Dollar, eine Armbanduhr und zwei Pfund Salz und zwanzig Dollar, nichts konnte ihn umstimmen. Mr. Yunioshi war jedoch fest entschlossen, in Erfahrung zu bringen, wie die Schnitzerei entstanden war. Das kostete ihn sein Salz und seine Uhr, und die Begebenheit wurde mit Hilfe von Afrikanisch, ein paar Brocken Englisch und Zeichensprache geschildert. Aber allem Anschein nach war im vergangenen Frühjahr eine berittene Gruppe von drei Weißen aus dem Busch aufgetaucht. Eine junge Frau und zwei Männer. Die Männer, beide mit fieberroten Augen und Schüttelfrost, waren gezwungen, mehrere Wochen lang in einer isolierten Hütte zu liegen, während die junge Frau, die bald Gefallen an dem Holzschnitzer gefunden hatte, dessen Matte teilte.

»Also, das glaub ich nicht«, sagte Joe Bell prüde. »Ich weiß, sie nahm's nicht so genau, aber dass sie's so weit getrieben hat, das glaub ich nicht.«

»Und dann?«

»Dann nichts.« Er zuckte die Achseln. »Irgendwann ist sie genau so verschwunden, wie sie aufgetaucht ist, auf einem Pferd davongeritten.«

»Allein oder mit den beiden Männern?«

Joe Bell schloss kurz die Augen. »Mit den beiden Männern, nehm ich an. Na, und der Japs, der hat sich landauf, landab nach ihr erkundigt. Aber niemand sonst hatte sie je gesehen.« Dann war es, als spürte er, wie meine eigene Enttäuschung sich auf ihn übertrug, und er wehrte sich dagegen. »Eins musst du zugeben, das ist die einzige *konkrete* Nachricht von ihr seit ich weiß nicht, wie vielen« – er zählte an den Fingern ab: sie langten nicht – »Jahren. Ich hoffe nur, sie ist reich. Sie muss ja reich sein. Man muss reich sein, um sich so in Afrika rumzutreiben.«

»Sie hat Afrika wahrscheinlich nie betreten«, sagte ich und glaubte es; trotzdem konnte ich sie mir dort vorstellen, es sah ihr ähnlich, nach Afrika zu gehen. Und der geschnitzte Kopf: ich betrachtete wieder die Photos.

»Du weißt doch so viel. Wo ist sie?«

»Tot. Oder im Irrenhaus. Oder verheiratet. Ich glaube, sie ist verheiratet und ruhiger geworden und vielleicht genau in dieser Stadt.«

Er überlegte kurz. »Nein«, sagte er und schüttelte den Kopf. »Ich will dir auch sagen, warum nicht. Wenn sie in dieser Stadt wäre, hätte ich sie gesehen. Nimm mal einen Mann, der gern läuft, einen Mann wie mich, einen Mann, der jetzt seit zehn oder zwölf Jahren durch die Straßen läuft, und in all den Jahren hält er nach einer Person Ausschau, und keine ist je sie, folgert daraus nicht, dass sie nicht da ist? Ich sehe andauernd Teile von ihr, einen flachen kleinen Hintern, irgendein mageres Mädchen, das schnell und gerade geht …« Er schwieg, als würde ihm plötzlich bewusst, wie aufmerksam ich ihn ansah. »Hältst du mich für plemplem?«

»Ich habe nur nicht gewusst, dass du in sie verliebt warst. Ich meine, so.«

Sobald ich das gesagt hatte, tat es mir leid; es brachte ihn in Verlegenheit. Er sammelte die Photos ein und steckte sie wieder in den Umschlag. Ich sah auf die Uhr. Ich hatte nichts vor, aber ich fand es besser, zu gehen.

»Warte«, sagte er und ergriff mein Handgelenk. »Sicher hab ich sie geliebt. Aber nicht so, dass ich sie anrühren wollte.« Und ohne zu lächeln, fügte er hinzu: »Nicht, dass ich an diese Seite der Dinge nicht denke. Sogar in meinem Alter, und am zehnten Januar werde ich siebenundsechzig. Es ist eine merkwürdige Tatsache – aber je älter ich werde, desto häufiger scheint mir diese Seite der Dinge durch den Kopf zu gehen. Ich kann mich nicht erinnern, dass ich als junger Spund so oft daran gedacht habe, nämlich alle zwei Minuten. Je älter man wird, desto schwerer wird es, Gedanken in die Tat umzusetzen, vielleicht liegt es daran, dass alles im Kopf eingesperrt bleibt und zur Last wird. Immer wenn ich in der Zeitung davon lese, dass ein alter Mann sich lächerlich gemacht hat, weiß ich, es liegt an dieser Last. Aber« – er schenkte sich ein Schnapsglas voll Whisky ein und leerte es in einem Zug – »ich werde mich nie lächerlich machen. Und ich schwöre, mit Holly ist mir so was nie in den Sinn gekommen. Man kann jemanden lieben, ohne dass es so was ist. Man hält sich fern wie gegenüber einem Fremden, einem Fremden, der ein Freund ist.«

Zwei Männer kamen in die Bar, und es schien der richtige Augenblick zu sein, um zu gehen. Joe Bell folgte mir zur Tür. Er ergriff wieder mein Handgelenk. »Glaubst du das?«

»Dass du sie nicht anrühren wolltest?«

»Ich meine das mit Afrika.«

In diesem Augenblick konnte ich mich beim besten Willen nicht an die Geschichte erinnern, sah nur vor mir, wie sie auf einem Pferd davonritt. »Jedenfalls ist sie fort.«

»Ja«, sagte er und machte die Tür auf. »Einfach fort.«

Draußen hatte der Regen aufgehört, nur noch Nebel war davon in der Luft, also bog ich um die Ecke und ging die Straße hinunter, in der das Sandsteinhaus steht. Es ist eine Straße mit Bäumen, die im Sommer kühle Muster auf dem Pflaster bilden; aber jetzt waren die Blätter gelb und fast alle abgefallen, und der Regen hatte sie glitschig gemacht, man ruschte auf ihnen aus. Das Sandsteinhaus steht mitten in einer Häuserzeile, gleich neben einer Kirche, deren blaue Turmuhr die Stunden schlägt. Es ist seit meiner Zeit herausgeputzt worden; eine schicke schwarze Tür hat die alte mit Mattglas ersetzt, und graue, elegante Fensterläden rahmen die Fenster ein. Niemand von früher wohnte mehr dort, nur noch Madame Sapphia Spanella, eine Koloratursängerin mit belegter Stimme, die jeden Nachmittag im Central Park Rollschuh lief. Dass sie noch da wohnt, weiß ich, weil ich die Stufen hochgegangen bin und mir die Briefkästen angesehen habe. Es war einer dieser Briefkästen, der mich zum ersten Mal auf Holly Golightly aufmerksam machte.

Ich wohnte seit ungefähr einer Woche in dem Haus, als mir auffiel, dass in dem Namensschlitz des Briefkastens, der zu Wg. 2 gehörte, eine sonderbare Karte steckte. Darauf stand ziemlich Cartier-förmlich gedruckt: *Miss Holiday Golightly;* und darunter, in der Ecke: *auf Reisen.* Es quälte mich wie eine Melodie: *Miss Holiday Golightly, auf Reisen.*

Eines Nachts, es war schon weit nach zwölf, wurde ich davon wach, dass Mr. Yunioshi die Treppe hinunterrief. Da er im obersten Stock wohnte, schallte seine Stimme von oben bis unten durchs Haus, aufgebracht und streng. »Miss Golightly! Ich muss protestieren!«

Die antwortende Stimme, die vom Fuß der Treppen emporstieg, war auf alberne Art jung und machte sich über sich selbst lustig. »Ach, Herzchen, das *tut* mir leid. Ich hab den verflixten Schlüssel verloren.«

»Sie können nicht immer wieder bei mir klingeln. Sie müssen sich bitte, bitte einen Schlüssel machen lassen.«

»Aber ich verliere sie alle.«

»Ich arbeite, ich muss schlafen«, schrie Mr. Yunioshi. »Aber immer klingeln Sie bei mir …«

»Ach, *bitte* nicht böse sein, Sie *lieber* kleiner Mann: ich tu's auch *bestimmt* nicht wieder. Und wenn Sie mir versprechen, nicht böse zu sein« – ihre Stimme kam näher, sie stieg die Treppe hinauf –, »dann lasse ich Sie vielleicht die Aufnahmen machen, von denen wir gesprochen haben.«

Inzwischen war ich vom Bett aufgestanden und hatte die Tür einen Spalt weit geöffnet. Ich konnte Mr. Yunioshis Schweigen hören: weil es nämlich von einer hörbaren Veränderung der Atmung begleitet wurde.

»Wann?«, fragte er.

Das Mädchen lachte. »Irgendwann«, vernuschelte sie die Antwort.

»Jederzeit«, sagte er und machte seine Tür zu.

Ich ging hinaus in den Flur und beugte mich über das Treppengeländer, gerade weit genug, um zu sehen, ohne gesehen zu werden. Sie war immer noch auf der Treppe, erreichte jetzt den Absatz, und die kunterbunten Farben ihrer Jungshaare, goldbraune Strähnen, weißblonde und gelbe Streifen, leuchteten im Licht der Treppenlampe. Es war ein warmer Abend, beinahe Sommer, und sie trug ein enges, schlichtes schwarzes Kleid, schwarze Sandaletten und eine breite Perlenkette, die ihren Hals wie ein Reif umschloss. Bei all ihrer schicken Magerkeit strahlte sie eine Haferflocken-Gesundheit aus, eine Seifen- und Zitronen-Reinlichkeit, und auf ihren Wangen lag eine raue Röte. Sie hatte einen großen Mund und eine Stupsnase. Eine Sonnenbrille verbarg ihre Augen. Es war ein Gesicht, das nicht mehr ganz in der Kindheit zu Hause war und schon einer Frau gehörte. Ich schätzte sie auf irgendetwas zwischen sechzehn und dreißig; wie sich herausstellte, stand sie zarte zwei Monate vor ihrem neunzehnten Geburtstag.

Sie war nicht allein. Ein Mann folgte ihr hinauf. Die Art, wie seine plumpe Hand ihre Hüfte umfasste, störte mich irgendwie; nicht aus moralischen, sondern aus ästhetischen Gründen. Er war klein und breit, das Gesicht voller Höhensonne und die Haare voller Pomade, ein Mann in einem Nadelstreifenanzug mit Schulterpolstern und einer verwelkenden roten Nelke im Knopfloch. Als ihre Wohnungstür erreicht war, kramte sie auf der Suche nach dem Schlüssel in ihrer Handtasche und kümmerte sich gar nicht darum, dass seine dicken Lippen sich an ihrem Nacken zu schaffen machten. Endlich jedoch, als sie den Schlüssel gefunden hatte und ihre Tür aufschloss, drehte sie sich kameradschaftlich zu ihm um: »Vielen Dank, Herzchen – das war sehr lieb, mich nach Hause zu bringen.«

»He, Schatz!«, sagte er, denn sie machte ihm die Tür vor der Nase zu.

»Ja, Harry?«

»Harry war der andere. Ich bin Sid. Sid Arbuck. Du magst mich doch.«

»Ich bete Sie an, Mr. Arbuck. Aber jetzt gute Nacht, Mr. Arbuck.«

Mr. Arbuck schaute ungläubig drein, als die Tür fest zugemacht wurde. »He, Schatz, lass mich rein, Schatz. Du magst mich doch, Schatz. Ich bin bei allen beliebt. Hab ich nicht die Rechnung bezahlt, für fünf Leute, alles deine Freunde, die ich noch nie gesehen hatte? Gibt mir das nicht das Recht, von dir gemocht zu werden? Du magst mich doch, Schatz.«

Er klopfte sanft an die Tür, dann lauter; schließlich ging er mehrere Schritte zurück, in vornübergebeugter und drohender Haltung, als wollte er sie einrennen. Doch stattdessen stürmte er die Treppe hinunter und schlug mit der Faust gegen die Wand. Gerade als er unten angekommen war, ging die Tür des Mädchens auf, und sie streckte den Kopf heraus.

»Ach, Mr. *Aarr*buck …«

Er drehte sich um, ein erleichtertes Lächeln ölte sein Gesicht: Sie hatte nur Spaß gemacht.

»Das nächste Mal, wenn ein Mädchen ein bisschen Kleingeld für die Damentoilette haben möchte«, rief sie, überhaupt nicht spaßend, »hören Sie auf meinen Rat, Herzchen: geben Sie ihr nicht bloß zwanzig Cent!«

Sie hielt ihr Versprechen gegenüber Mr. Yunioshi; oder ich nehme an, dass sie nicht mehr bei ihm klingelte, denn im Laufe der nächsten Tage gewöhnte sie sich an, bei mir zu klingeln, manchmal um zwei, drei oder vier Uhr morgens: es kümmerte sie nicht im Mindesten, zu welcher Stunde sie mich aus dem Bett holte, damit ich auf den Summer drückte, der die Haustür freigab. Da ich nur wenige Freunde hatte und keine, die so spät vorbeikommen würden, wusste ich immer, dass sie es war. Allerdings ging ich die ersten paar Male an die Tür, aus der Befürchtung, es könnte eine schlechte Nachricht sein, ein Telegramm; und stets rief Miss Golightly hinauf: »Tut mir leid, Herzchen – hab den Schlüssel vergessen.«

Natürlich waren wir uns noch nie begegnet. Und das, obwohl wir auf der Treppe und auf der Straße direkt aneinander vorbeigelaufen waren; aber sie schien mich nie richtig zu sehen. Sie ging nie ohne Sonnenbrille, sie war immer sehr gepflegt, und ein konsequenter guter Geschmack bestimmte die Schlichtheit ihrer Kleidung, die Blau- und Grautöne ohne Glanz, die sie selbst so zum Leuchten brachten. Man hätte sie für ein Photomodell oder vielleicht für eine junge Schauspielerin halten können, nur dass ihr, nach ihrem Tages- und Nachtablauf zu urteilen, für keins von beidem genug Zeit blieb.

Hin und wieder lief sie mir außerhalb unseres Viertels über den Weg. Einmal lud mich ein Verwandter, der zu Besuch weilte, ins »21« ein, und dort, an einem bevorzugten Tisch, umgeben von vier Herren, keiner davon Mr. Arbuck, auch wenn alle mit ihm austauschbar waren, saß Miss Golightly und kämmte sich träge, in aller Öffentlichkeit, die Haare; und ihr Gesichtsausdruck, ein unbewusstes Gähnen, versetzte der Erregung, die ich verspürte, weil ich in einem so piekfeinen Etablissement dinierte, einen Dämpfer. An einem anderen Abend mitten im Sommer trieb mich die Hitze aus meinem Zimmer hinaus auf die Straßen. Ich ging die Third Avenue hinunter zur Fifty-first Street, wo sich ein Antiquitätengeschäft befand mit einem Gegenstand im Fenster, den ich bewunderte: ein Palast von einem Vogelkäfig, eine Moschee mit Minaretten und Bambusgemächern, die sich danach sehnten, von gesprächigen Papageien bewohnt zu werden. Aber der Preis betrug dreihundertfünfzig Dollar. Auf dem Heimweg fiel mir eine Schar von Taxifahrern auf, die sich vor P. J. Clarke's Saloon versammelt hatten, offenbar angezogen von einer fröhlichen Gruppe whiskyäugiger australischer Offiziere, die *Waltzing Matilda* schmetterten. Während sie sangen, wechselten sie sich darin ab, mit einem Mädchen über das Kopfsteinpflaster unter der Hochbahn zu wirbeln; und das Mädchen, natürlich Miss Golightly, schwebte in ihren Armen umher wie ein Seidentuch.

Aber wenn Miss Golightly außer als Türöffner von meiner Existenz keinerlei Notiz nahm, so wurde ich im Laufe des Sommers ein Experte für ihre. Durch die Beobachtung des Mülleimers draußen vor ihrer Tür entdeckte ich, dass ihre regelmäßige Lektüre aus Boulevardzeitungen, Reiseprospekten und Horoskopzeichnungen bestand; dass sie eine esoterische Zigarettenmarke namens Picayunes rauchte; von Hüttenkäse und Toast Melba lebte; und dass ihr vielfarbiges Haar zum Teil selbsterzeugt war. Aus derselben Quelle ging hervor, dass sie stapelweise Feldpostbriefe erhielt. Die waren immer zu Streifen zerrissen wie für Lesezeichen. Gelegentlich holte ich mir im Vorbeigehen ein Lesezeichen heraus. *Denk an* und *fehlst mir* und *Regen* und *schreib bitte* und *verdammte* und *gottverdammte* waren die Wörter, die am häufigsten auf diesen Streifen vorkamen, und *einsam* und *liebe*.

Außerdem hatte sie eine Katze und spielte Gitarre. An Tagen mit starkem Sonnenlicht wusch sie sich die Haare, saß dann zusammen mit der Katze, einem rot getigerten Kater, draußen auf der Feuertreppe und schlug mit dem Daumen die Gitarre, während ihre Haare trockneten. Immer wenn ich diese Musik hörte, stellte ich mich still ans Fenster. Sie spielte sehr gut, und manchmal sang sie auch dazu. Sang mit der heiseren, gebrochenen Stimme eines heranwachsenden Jungen. Sie kannte alle Musicalhits, Cole Porter und Kurt Weill; besonders gern mochte sie die Songs aus *Oklahoma*, die in jenem Sommer neu und überall zu hören waren. Aber es gab Augenblicke, da spielte sie Lieder, bei denen man sich fragte, wo sie die gelernt hatte, ja, wo sie selbst eigentlich herkam. Rau-zärtliche, umherirrende Melodien mit Worten, die nach Südstaaten-Nadelwäldern oder der Prärie schmeckten. Eines davon ging: *Will nimmer schlafen, Will nimmer sterben, Will immer nur wandern durch des Himmels grüne Auen;* und dieses schien ihr das liebste zu sein, denn oft sang sie es lange nachdem ihre Haare trocken waren, lange nachdem die Sonne untergegangen war und in den Fenstern elektrisches Licht aufschien.

Aber mit unserer Bekanntschaft ging es nicht voran, erst im September, an einem Abend, durch den bereits die ersten kleinen Wellen herbstlicher Kühle rollten. Ich war im Kino gewesen, nach Hause gekommen und mit einem Bourbon-Schlaftrunk und dem neuesten Simenon zu Bett gegangen: so rundum meine Vorstellung von Gemütlichkeit, dass ich ein Gefühl von Unbehagen nicht verstehen konnte, welches sich verstärkte, bis ich mein Herz klopfen hörte. Es war ein Gefühl, von dem ich gelesen und über das ich geschrieben hatte, das ich aber noch nie zuvor erlebt hatte. Das Gefühl, beobachtet zu werden. Das Gefühl, jemand ist im Zimmer. Dann: plötzlich wurde ans Fenster gepocht, etwas geisterhaft Graues war kurz zu sehen: ich verschüttete den Whisky. Es dauerte ein Weilchen, bis ich mich dazu überwinden konnte, das Fenster zu öffnen und Miss Golightly zu fragen, was sie wollte.

»Ich habe einen ganz schrecklichen Mann unten«, sagte sie und stieg von der Feuertreppe ins Zimmer. »Ich meine, er ist süß, wenn er nicht betrunken ist, aber wenn er erst mal anfängt, den *vino* zu schlucken, oh Gott, *quel* Biest! Wenn ich eines hasse, dann sind es Männer, die beißen.« Sie schob einen grauen Flanellmorgenrock von der Schulter, um mir den Beweis dafür zu zeigen, was passiert, wenn ein Mann beißt. Der Morgenrock war alles, was sie anhatte. »Tut mir leid, wenn ich Sie erschreckt habe. Aber als das Biest so lästig wurde, bin ich einfach aus dem Fenster geklettert. Ich glaube, er denkt, ich bin im Badezimmer, wobei mir völlig schnurz ist, was er denkt, zum Teufel mit ihm, irgendwann wird er müde, irgendwann wird er einschlafen, mein Gott, muss er auch, acht Martinis vor dem Essen und genug Wein, um einen Elefanten zu waschen. Hören Sie, Sie können mich rauswerfen, wenn Sie wollen. Reichlich unverschämt von mir, hier so reinzuplatzen. Aber die Feuertreppe war verdammt eisig. Und Sie haben so gemütlich ausgesehen. Wie mein Bruder Fred. Wir haben immer zu viert in einem Bett geschlafen, und er war der einzige, bei dem ich mich in einer kalten Nacht ankuscheln durfte. Übrigens, haben Sie was dagegen, wenn ich Sie Fred nenne?« Sie war inzwischen mitten ins Zimmer gekommen, wo sie stehen blieb und mich musterte. Ich hatte sie noch nie ohne ihre Sonnenbrille gesehen, und jetzt wurde deutlich, dass darin eingeschliffene Gläser sein mussten, denn ohne sie blinzelten ihre Augen taxierend wie die eines Juweliers. Es waren große Augen, ein bisschen blau, ein bisschen grün, gesprenkelt mit winzigen braunen Tupfen: vielfarbig wie ihre Haare; und wie ihre Haare verstrahlten sie ein lebhaftes, warmes Licht. »Wahrscheinlich halten Sie mich für sehr unverfroren. Oder *très fou*. Oder so was.«

»Überhaupt nicht.«

Sie schien enttäuscht zu sein. »Doch, das tun Sie. Das tun alle. Ich hab nichts dagegen. Es ist nützlich.«

Sie setzte sich in einen der wackeligen roten Samtsessel, zog die Beine hoch und schaute sich im Zimmer um, wobei sie die Augen noch stärker zusammenkniff. »Wie können Sie das ertragen? Das ist ja ein Gruselkabinett.«

»Ach, man gewöhnt sich an alles«, sagte ich und ärgerte mich über mich selbst, denn eigentlich war ich stolz auf die Wohnung.

»Ich nicht. Ich werde mich nie an irgendwas gewöhnen. Alle, die's tun, könnten genauso gut tot sein.« Ihre tadelnden Augen betrachteten wieder das Zimmer. »Was *machen* Sie hier den ganzen Tag?«

Ich zeigte zu einem Tisch, auf dem sich Bücher und Papiere stapelten. »Ich schreibe.«

»Ich dachte, Schriftsteller wären ziemlich alt. Sicher, Saroyan ist nicht alt. Ich hab ihn auf einer Party kennengelernt, und er ist eigentlich überhaupt nicht alt. Also wenn er«, sagte sie nachdenklich, »sich den Schnurrbart kürzer schneiden würde … übrigens, ist Hemingway alt?«

»In den Vierzigern, würde ich denken.«

»Nicht schlecht. Männer erregen mich erst, wenn sie über zweiundvierzig sind. Ich kenne eine blöde Ziege, die mir immer wieder sagt, ich müsste zum Seelenklempner; sie sagt, ich habe einen Vaterkomplex. Das ist natürlich *merde*. Ich habe mir einfach *angewöhnt*, ältere Männer zu mögen, und das war das Klügste, was ich je getan habe. Wie alt ist W. Somerset Maugham?«

»Ich weiß nicht genau. Über sechzig.«

»Nicht schlecht. Ich bin noch nie mit einem Schriftsteller im Bett gewesen. Nein, Moment: kennen Sie Benny Shacklett?« Sie runzelte die Stirn, als ich den Kopf schüttelte. »Komisch. Er hat fürchterlich viel fürs Radio geschrieben. Aber *quel rat*. Sagen Sie, sind Sie ein richtiger Schriftsteller?«

»Das hängt davon ab, was Sie unter richtig verstehen.«

»Na, Herzchen, *kauft* irgendjemand das, was Sie schreiben?«

»Noch nicht.«

»Ich werde Ihnen helfen«, sagte sie. »Doch, das kann ich. Denken Sie bloß an all die Leute, die ich kenne, die ihrerseits Leute kennen. Ich werde Ihnen helfen, weil Sie wie mein Bruder Fred aussehen. Nur kleiner. Ich hab ihn nicht mehr gesehen, seit ich von zu Hause weggegangen bin, da war ich vierzehn und er schon eins achtundachtzig. Meine anderen Brüder sind eher so groß wie Sie, also kleine Stöpsel. Es war die Erdnussbutter, die Fred so groß gemacht hat. Alle hielten es für verrückt, wie er sich mit Erdnussbutter vollgestopft hat; ihn kümmerte nichts auf der Welt, nur Pferde und Erdnussbutter. Aber er ist nicht verrückt, nur lieb und verträumt und schwer von Begriff; er war seit drei Jahren in der achten Klasse, als ich abgehauen bin. Ich hoffe bloß, die Armee ist großzügig mit ihrer Erdnussbutter. Wobei mir einfällt, ich sterbe vor Hunger.«

Ich zeigte auf eine Schale mit Äpfeln und fragte sie gleichzeitig, wie und warum sie so früh von zu Hause weggegangen war. Sie sah mich verständnislos an und rieb sich die Nase, als juckte sie: eine Geste, die ich nach vielen Wiederholungen als ein Zeichen dafür erkannte, dass ihr etwas zu weit ging. Wie viele Menschen mit einer ausgeprägten Neigung, freiwillig vertrauliche Informationen anzubieten, machte sie alles, was einer direkten Frage, einem Festnageln gleichkam, argwöhnisch. Sie biss in einen Apfel und sagte: »Erzählen Sie mir etwas, was Sie geschrieben haben. Die Handlung.«

»Das ist eine der Schwierigkeiten. Was ich schreibe, lässt sich nicht so ohne weiteres erzählen.«

»Zu unanständig?«

»Vielleicht gebe ich Ihnen mal eine Erzählung zu lesen.«

»Whisky und Äpfel passen zusammen. Gießen Sie mir welchen ein, Herzchen. Dann können Sie mir eine vorlesen.«

Sehr wenige Autoren, besonders nicht die unveröffentlichten, können einer Einladung widerstehen, vorzulesen. Ich goss uns beiden einen Whisky ein, ließ mich in einem Sessel ihr gegenüber nieder und begann, mit etwas zittriger Stimme durch eine Kombination aus Lampenfieber und Begeisterung: es war eine neue Erzählung, ich hatte sie am Tag zuvor beendet, und das unvermeidliche Gefühl der Unzulänglichkeit hatte sich noch nicht einstellen können. Sie handelte von zwei Frauen, die sich ein Haus teilen, Lehrerinnen, von denen die eine, als die andere sich verlobt, mit anonymen Briefen einen Skandal auslöst, der die Heirat verhindert. Während ich las, warf ich hin und wieder einen verstohlenen Blick auf Holly, und jedes Mal zog sich mein Herz zusammen. Sie zappelte herum. Sie zerpflückte die Zigarettenstummel im Aschenbecher, sie betrachtete ihre Fingernägel, als sehnte sie sich nach einer Feile; schlimmer noch, als ich endlich ihr Interesse gewonnen zu haben schien, bedeckte ein verräterischer Film ihre Augen, als überlegte sie, ob sie die Schuhe kaufen sollte, die sie in einem Schaufenster gesehen hatte.

»Ist das das *Ende*?«, fragte sie und wachte auf. Sie suchte nach weiteren Worten. »Also Lesbierinnen selbst mag ich. Sie machen mir überhaupt keine Angst. Aber Geschichten *über* Lesbierinnen langweilen mich zu Tode. Ich kann mich einfach nicht in sie hineinversetzen. Also wirklich, Herzchen«, sagte sie, weil ich völlig ratlos dreinschaute, »wenn es darin nicht um zwei kesse Väter geht, worum zum Teufel *geht* es dann?«

Aber ich hatte keine Lust, den Fehler, die Erzählung vorgelesen zu haben, durch die weitere Peinlichkeit zu verschlimmern, sie zu erklären. Dieselbe Eitelkeit, die zu dieser Bloßstellung geführt hatte, zwang mich jetzt, Holly als unsensible, hirnlose Angeberin abzutun.

»Übrigens«, sagte sie, »*kennen* Sie zufällig irgendwelche netten Lesbierinnen? Ich suche eine Mitbewohnerin. Lachen Sie nicht. Ich bin schrecklich unordentlich, aber ich kann mir einfach kein Dienstmädchen leisten, und Lesbierinnen sind eigentlich wunderbare Hausfrauen, sie lieben es, die ganze Arbeit zu tun, man braucht sich nie darum zu kümmern, auszufegen oder den Kühlschrank abzutauen oder die Wäsche wegzubringen. Ich hatte in Hollywood eine Mitbewohnerin, die hat in Wildwestfilmen mitgespielt, und alle nannten sie den Einsamen Reiter; aber eines muss ich ihr lassen, sie war besser als ein Mann im Haus. Natürlich haben viele Leute gedacht, ich muss auch ein Stück weit andersrum sein. Und natürlich bin ich das. Alle sind das: ein Stück weit. Na und? Das hat noch keinen Mann abgeschreckt, im Gegenteil, es scheint sie anzuspornen. Nehmen Sie nur den Einsamen Reiter, die ist zum zweiten Mal verheiratet. Meistens heiraten Lesbierinnen nur einmal, um des Namens willen. Es scheint sehr viel Ansehen mit sich zu bringen, hinterher Mrs. Sowieso zu heißen. Das ist nicht wahr!« Sie starrte den Wecker auf dem Tisch an. »Es kann nicht halb fünf sein!«

Das Fenster wurde blau. Eine Sonnenaufgangsbrise plusterte die Vorhänge.

»Welcher Tag ist heute?«

»Donnerstag.«

»*Donnerstag.*« Sie stand auf. »Mein Gott«, sagte sie und setzte sich stöhnend wieder hin. »Das ist ja grauenhaft.«

Ich war müde genug, um nicht neugierig zu sein. Ich legte mich aufs Bett und schloss die Augen. Trotzdem war es unwiderstehlich: »Was ist so grauenhaft am Donnerstag?«

»Nichts. Nur dass ich nie genau weiß, wann er kommt. Am Donnerstag muss ich nämlich den Acht-Uhr-fünfundvierzig erwischen. Die nehmen es sehr genau mit der Besuchszeit, wenn man also um zehn da ist, bleibt einem eine Stunde, bevor die armen Männer zum Mittagessen müssen. Stellen Sie sich das vor, Mittagessen um elf. Man kann auch um zwei hin, und das wäre mir viel lieber, aber er legt Wert darauf, dass ich morgens komme, er sagt, das richtet ihn für den ganzen Tag auf. Ich muss unbedingt wach bleiben«, sagte sie und kniff sich in die Wangen, bis darauf rote Rosen erblühten, »es bleibt nicht genug Zeit, um zu schlafen, ich würde aussehen wie schwindsüchtig, wie eine verfallende Mietskaserne, und das wäre ganz gemein: man kann einfach nicht mit grünem Gesicht in Sing-Sing erscheinen.«

»Da gebe ich Ihnen Recht.« Meine Wut auf sie wegen meiner Erzählung ebbte ab; sie fesselte mich wieder.

»Alle Besucher geben sich wirklich Mühe, so gut wie möglich auszusehen, und das ist so lieb, es ist ganz rührend, wie die Frauen ihre hübschesten Sachen tragen, ich meine, auch die alten und die ganz armen, sie geben sich die größte Mühe, schön auszusehen und auch gut zu riechen, und ich liebe sie dafür. Ich liebe auch die Kinder, besonders die farbigen. Ich meine die Kinder, die die Frauen mitbringen. Es müsste traurig sein, Kinder dort zu sehen, aber das ist es nicht, sie haben Schleifen im Haar und blankgeputzte Schuhe, man könnte meinen, es gibt gleich Eiscrème, und manchmal ist es auch so im Besucherraum, wie auf einem Fest. Jedenfalls ist es nicht wie im Film: Sie wissen schon, finsteres Geflüster durch ein Gitter. Es gibt kein Gitter, nur einen Tresen zwischen uns und denen, und die Kinder können sich draufstellen, damit sie umarmt werden können, und um sich zu küssen, braucht man sich nur vorzubeugen. Was ich am liebsten mag, sie freuen sich so, sich zu sehen, sie haben sich so viel zu erzählen aufgehoben, es kann gar keine Langeweile aufkommen. Sie lachen immer wieder und halten sich bei den Händen. Hinterher ist es anders«, sagte sie. »Ich sehe sie im Zug. Sie sitzen still da und schauen, wie der Fluss vorbeizieht.« Sie steckte eine Haarsträhne in den Mundwinkel und kaute nachdenklich darauf herum. »Ich halte Sie wach. Schlafen Sie ein.«

»Bitte. Es interessiert mich.«

»Das weiß ich. Deshalb möchte ich, dass Sie einschlafen. Denn wenn ich weitermache, werde ich Ihnen von Sally erzählen. Ich bin nicht sicher, ob das ganz korrekt wäre.« Sie kaute stumm an ihren Haaren. »Die haben mir nicht verboten, es jemandem zu erzählen. Nicht ausdrücklich. Und es *ist* komisch. Vielleicht können Sie es in einer Geschichte mit anderen Namen und so weiter unterbringen. Hören Sie zu, Fred«, sagte sie und nahm sich noch einen Apfel, »Sie müssen die Hand aufs Herz legen und Ihren Ellbogen küssen …«

Vielleicht können Schlangenmenschen ihren Ellbogen küssen; Holly musste sich mit dem Versuch zufrieden geben.

»Kann sein«, sagte sie mit dem Mund voll Apfel, »dass Sie in den Zeitungen von ihm gelesen haben. Er heißt Sally Tomato, und ich spreche besser Jiddisch als er Englisch; aber er ist ein lieber alter Mann, schrecklich fromm. Ohne seine Goldzähne würde er aussehen wie ein Mönch; er sagt, er betet jeden Abend für mich. Natürlich war er nie mein Liebhaber; was das angeht, ich habe ihn erst kennengelernt, als er schon im Gefängnis saß. Aber jetzt bete ich ihn an, schließlich besuche ich ihn seit sieben Monaten jeden Donnerstag, und ich glaube, ich würde sogar hinfahren, wenn ich von ihm kein Geld dafür kriegte. Der ist faulig«, sagte sie und warf den Rest des Apfels aus dem Fenster. »Übrigens, ich kannte Sally schon, aber nur vom Sehen. Er ist immer in Joe Bells Bar gekommen, die um die Ecke: hat nie mit irgendwem geredet, stand einfach da, wie ein Mann, der nur in Hotelzimmern lebt. Aber es ist komisch, wenn ich mich zurückerinnere, dann wird mir klar, wie genau er mich beobachtet haben muss, denn gleich nach seiner Verurteilung (Joe Bell hat mir sein Photo in der Zeitung gezeigt, die Schwarze Hand, die Mafia. All solch Quatsch: aber er hat fünf Jahre bekommen) kam das Telegramm von seinem Rechtsanwalt. Da stand drin, ich sollte mich sofort an ihn wenden, um etwas zu meinen Gunsten zu erfahren.«

»Haben Sie gedacht, jemand hätte Ihnen eine Million vermacht?«

»Überhaupt nicht. Ich hab damit gerechnet, das Kaufhaus Bergdorf versucht, meine Schulden einzutreiben. Aber ich bin das Risiko eingegangen und hab mich mit diesem Rechtsanwalt verabredet (wenn er überhaupt einer ist, was ich bezweifle, da er gar kein Büro zu haben scheint, nur ein Telefon mit Auftragsdienst, und er will sich immer im Hamburger-Himmel mit einem treffen: weil er nämlich so dick ist, er kann zehn Hamburger verdrücken und zwei Schalen mit eingelegtem Gemüse und einen ganzen Zitronenbaiserkuchen). Er hat mich gefragt, wie es mir gefallen würde, einen einsamen alten Mann aufzuheitern und gleichzeitig hundert Dollar die Woche einzustecken. Ich hab ihm gesagt, Herzchen, Sie haben die falsche Miss Golightly erwischt, ich bin keine Krankenschwester, die nebenbei Nummern schiebt. Ich war auch nicht von seinem Honorarangebot beeindruckt; mit einem Gang zur Damentoilette kann man genauso viel verdienen: jeder Mann mit ein bisschen Geschmack gibt einem fünfzig fürs Klo, und ich verlange immer noch Taxigeld, das sind noch mal fünfzig. Aber dann hat er mir gesagt, sein Klient ist Sally Tomato. Er hat gesagt, der liebe alte Sally hätte mich schon lange *à la distance* bewundert, also wäre es doch eine gute Tat, wenn ich ihn jede Woche einmal besuchen würde. Da konnte ich nicht nein sagen, es war zu romantisch.«

»Ich weiß nicht. Es hört sich nicht richtig an.«

Sie lächelte. »Sie glauben, ich lüge?«

»Zum einen, es geht nicht, dass irgendwer einen Gefangenen besucht, das lassen die nicht zu.«

»Oh, das tun die auch nicht. Die haben einen Heidenaufstand gemacht. Ich bin angeblich seine Nichte.«

»Und das ist so einfach? Für eine Stunde Unterhaltung gibt er Ihnen hundert Dollar?«

»Er nicht, sein Rechtsanwalt. Mr. O'Shaughnessy schickt es mir in bar, sobald ich den Wetterbericht hinterlasse.«

»Ich glaube, Sie können in große Schwierigkeiten geraten«, sagte ich und knipste eine Lampe aus; sie wurde nicht mehr gebraucht, denn inzwischen war der Morgen im Zimmer, und Tauben gurgelten auf der Feuertreppe.

»Wieso?«, fragte sie ernsthaft.

»In den Gesetzesbüchern steht bestimmt was über eine falsche Identität. Sie sind schließlich *nicht* seine Nichte. Und was ist mit diesem Wetterbericht?«

Sie hielt kurz die Hand vor ein Gähnen. »Ach, das ist nichts. Nur Nachrichten, die ich bei dem Auftragsdienst hinterlasse, damit Mr. O'Shaughnessy sicher sein kann, dass ich da war. Sally sagt mir, was ich sagen soll, Sachen wie, ach, ›Auf Kuba ist ein Wirbelsturm‹ und ›Es schneit in Palermo‹. Keine Sorge, Herzchen«, sagte sie und kam ans Bett, »ich passe schon seit langer Zeit auf mich selber auf.« Das Morgenlicht schien sich in ihr zu brechen: als sie die Bettdecke bis an mein Kinn hochzog, schimmerte sie wie ein durchsichtiges Kind; dann legte sie sich neben mich. »Haben Sie was dagegen? Ich möchte mich nur einen Moment ausruhen. Also sagen wir jetzt kein Wort mehr. Schlafen Sie.«

Ich tat so, als ob, atmete schwer und regelmäßig. Die Glocken im Turm der Kirche nebenan schlugen die halbe Stunde, die volle Stunde. Es war sechs, als sie die Hand auf meinen Arm legte, eine zarte Berührung, um mich ja nicht zu wecken. »Armer Fred«, flüsterte sie, und sie schien zu mir zu sprechen, doch sie tat es nicht. »Wo bist du, Fred? Es ist so kalt. Der Wind riecht nach Schnee.« Dann ruhte ihre Wange an meiner Schulter, eine warme, feuchte Last.

»Warum weinen Sie?«

Sie schrak zurück, setzte sich auf. »Verdammt noch mal«, sagte sie und ging zum Fenster und der Feuertreppe, »ich *hasse* Schnüffelnasen.«

Als ich am nächsten Tag, dem Freitag, nach Hause kam, fand ich vor meiner Wohnungstür einen Luxuspräsentkorb von Charles & Co. mit ihrer Karte: *Miss Holiday Golightly, auf Reisen:* und auf der Rückseite stand, hingekritzelt mit einer kapriziös ungeschickten Kindergartenhandschrift: *Vielen Dank, lieber Fred. Bitte verzeihen Sie gestern Nacht. Sie waren ein Engel in allem. Mille tendresse – Holly. P.S. Ich werde Sie nicht mehr behelligen.* Ich antwortete: *Doch, bitte* und ließ diese Nachricht an ihrer Tür mit dem, was ich mir leisten konnte, einem Sträußchen Straßenhändler-Veilchen. Aber offenbar hatte sie es ernst gemeint; ich sah und hörte nichts mehr von ihr, und ich nahm an, dass sie zum Äußersten gegriffen und sich einen Haustürschlüssel besorgt hatte. Jedenfalls klingelte sie nicht mehr bei mir. Das fehlte mir regelrecht;

und während ein Tag nach dem anderen verstrich, begann ich, gegen sie einen an den Haaren herbeigezogenen Groll zu hegen, als würde ich von meinem besten Freund vernachlässigt. Eine beunruhigende Einsamkeit trat in mein Leben, aber sie weckte keinen Hunger nach Freunden, die ich schon länger kannte: die kamen mir jetzt vor wie eine salzlose, zuckerfreie Diät. Spätestens am Mittwoch suchten mich Gedanken an Holly, an Sing-Sing und Sally Tomato, an eine Welt, in der Männer für die Damentoilette fünfzig Dollar herausrücken, so hartnäckig heim, dass ich nicht arbeiten konnte. Am Abend hinterließ ich in ihrem Briefkasten eine Nachricht: *Morgen ist Donnerstag.* Am nächsten Morgen belohnte sie mich mit einer zweiten Notiz in dieser Laufställchen-Schrift: *Vielen Dank, dass Sie mich daran erinnert haben. Können Sie heute Abend so um 6 auf einen Drink vorbeischauen?*

Ich wartete bis zehn nach sechs, dann zwang ich mich, noch fünf Minuten zu vertrödeln.

Ein Wesen öffnete die Tür. Er roch nach Zigarren und nach Knize-Parfüm. Seine Schuhe wurden von hohen Hacken geziert; ohne diese hinzugefügten Zentimeter hätte man ihn für einen Gnom halten können. Sein kahler, sommersprossiger Schädel war übergroß: daran saßen zwei spitz zulaufende, wahrhaft koboldhafte Ohren. Er hatte Pekinesenaugen, erbarmungslos und leicht hervorquellend. Haarbüschel sprossen aus seinen Ohren und seiner Nase; seine Wangen waren grau von Nachmittagsbartwuchs, und sein Händedruck war fast pelzig.

»Die Kleine ist unter der Dusche«, sagte er und zeigte mit einer Zigarre zu dem Geräusch von zischendem Wasser in einem anderen Zimmer. Das Zimmer, in dem wir standen (und wir standen, weil es keine Sitzgelegenheiten gab), wirkte, als sei jemand gerade erst eingezogen; man erwartete den Geruch von feuchter Farbe. Koffer und unausgepackte Kisten waren die einzigen Möbel. Die Kisten dienten als Tisch. Auf einer befanden sich die Zutaten für Martinis; auf einer anderen eine Lampe, ein Liberty-Telefon, Hollys roter Kater und eine Vase mit gelben Rosen. Ein Bücherregal, das die Wand bedeckte, prahlte mit einem halben Brett voll Literatur. Ich erwärmte mich sofort für dieses Zimmer, ich mochte das Unstete daran.

Der Mann räusperte sich. »Werden Sie erwartet?«

Mein Nicken genügte ihm nicht. Seine kalten Augen legten mich auf den Operationstisch, nahmen glatte, erkundende Einschnitte vor. »Hier kommen viele her, die nicht erwartet werden. Kennen Sie die Kleine schon lange?«

»Nicht sonderlich.«

»Sie kennen sie also noch nicht lange?«

»Ich wohne oben drüber.«

Diese Antwort schien Erklärung genug zu sein, um ihn zu entwarnen. »Haben Sie denselben Grundriss?«

»Viel kleiner.«

Er schnippte Asche auf den Fußboden. »Die reinste Bruchbude. Unglaublich. Aber die Kleine weiß nicht zu leben, sogar wenn sie genug Kies hat.« Seine Sprechweise hatte einen abgehackten, metallischen Rhythmus, wie ein Fernschreiber. »Na«, sagte er, »was meinen Sie: ist sie's oder ist sie's nicht?«

»Ist sie was?«

»Ein falscher Fünfziger.«

»Das würde ich nicht denken.«

»Sie haben Unrecht. Sie ist ein falscher Fünfziger. Aber andererseits haben Sie Recht. Sie ist kein falscher Fünfziger, denn sie ist ein *echter* falscher Fünfziger. Sie glaubt all den Quatsch, an den sie glaubt. Man kann's ihr nicht ausreden. Ich hab's mit Tränen in den Augen versucht. Benny Polan, der überall geachtete Benny Polan hat's versucht. Benny hatte im Sinn, sie zu heiraten, sie war nicht davon begeistert, also hat Benny Tausende dafür ausgegeben, sie zu Seelenklempnern zu schicken. Sogar zu dem berühmten, der nur Deutsch spricht, Mann, selbst der hat das Handtuch geworfen. Man kann sie ihr nicht ausreden, diese« – er ballte die Faust, als wollte er etwas Ungreifbares zermalmen – »Ideen. Versuchen Sie's mal bei Gelegenheit. Bringen Sie sie dazu, Ihnen einiges von dem Zeug zu erzählen, an das sie glaubt. Verstehen Sie mich recht«, sagte er, »ich mag die Kleine, alle mögen sie, aber es gibt viele, die sie nicht mögen. Ich mag sie. Ich mag die Kleine wirklich. Ich bin sensibel, deshalb. Man muss sensibel sein, um Sinn für sie zu haben: eine poetische Ader. Aber ich will Ihnen die Wahrheit sagen. Man kann sich ihretwegen das Hirn zermartern, und sie serviert einem auf silbernem Tablett gequirlte Kacke. Also zum Beispiel – wer ist sie so, wenn man hinschaut? Strenggenommen eine, die kurz in der Zeitung stehen wird, wenn sie am Grunde eines Röhrchens Veronal ihr Ende gefunden hat. Ich hab's öfter passieren sehen, als Sie Zehen haben: und diese Mädels, die waren noch nicht mal meschugge. Sie ist meschugge.«

»Aber jung. Und noch mit sehr viel Jugend vor sich.«

»Wenn Sie Zukunft meinen, haben Sie wieder Unrecht. Also vor ein paar Jahren, drüben an der Westküste, da gab's eine Zeit, wo's anders aussah. Sie hatte was am Laufen, die waren an ihr interessiert, sie hätte das große Geld machen können. Aber wenn man aus so was aussteigt, dann ist man ein für allemal draußen. Fragen Sie Luise Rainer. Und die Rainer war ein Star. Sicher, Holly war kein Star. Sie ist nie über Standphotos hinausgekommen. Aber das war vor *Dr. Wassells Flucht aus Java*. Da hätte sie das richtig große Geld machen können. Ich muss es wissen, denn ich war derjenige, der sich für sie stark gemacht hat.« Er zeigte mit der Zigarre auf sich selbst. »O. J. Berman.«

Er erwartete, dass ich seinen Namen kannte, und ich tat ihm den Gefallen, es machte mir nichts aus, nur dass ich noch nie etwas von O. J. Berman gehört hatte. Wie sich herausstellte, war er Agent für Hollywoodschauspieler.

»Ich war der Erste, dem sie aufgefallen ist. Draußen in Santa Anita. Sie treibt sich jeden Tag auf der Pferderennbahn rum. Sie interessiert mich: beruflich. Ich kriege raus, sie ist die Mieze von einem Jockey, sie lebt mit dem Hänfling zusammen. Ich biege dem Jockey bei: Lass die Finger von ihr, wenn du dich nicht mit der Sittenpolizei unterhalten willst: das Mädel ist nämlich erst fünfzehn. Aber sie hat Stil: sie hat Klasse, sie kommt rüber. Sogar wenn sie *so* starke Gläser trägt; sogar wenn sie den Mund aufmacht und man einfach nicht weiß, ob sie vom platten Land kommt oder aus Oklahoma oder von sonstwo. Ich weiß es jedenfalls immer noch nicht. Und meine Vermutung ist, dass keiner je erfahren wird, wo sie herkommt. Sie ist solch eine gottverdammte Lügnerin, vielleicht weiß sie es selbst schon gar nicht mehr. Aber wir haben ein Jahr gebraucht, um ihr diesen Akzent auszutreiben. Wie wir's schließlich geschafft haben, wir haben ihr Französischstunden gegeben: nachdem sie Französisch nachahmen konnte, hat's nicht mehr lange gedauert, und sie konnte Englisch nachahmen. Wir haben sie auf den Margaret-Sullivan-Typ getrimmt, aber sie hatte auch selbst einige Tricks drauf, die Leute waren interessiert, wichtige Leute, und um das Maß vollzumachen, will Benny Polan, ein geachteter Mann, sie heiraten. Was kann ein Agent sich Besseres wünschen? Dann peng! *Dr. Wassells Flucht aus Java*. Haben Sie den Film gesehen? Cecil B. DeMille. Gary Cooper. Himmelarsch. Ich reiße mich in Stücke, alles ist festgezurrt: sie werden mit ihr Probeaufnahmen für die Rolle von Dr. Wassells Stationsschwester machen. Eine von seinen Stationsschwestern jedenfalls. Dann peng! Das Telefon klingelt.« Er nahm einen Telefonhörer aus der Luft und hielt ihn ans Ohr. »Sie sagt, hier ist Holly, ich sage, Schatz, du klingst so weit weg, sie sagt, ich bin in New York, ich sage, was zum Teufel machst du in New York, wo Sonntag ist und du morgen die Probeaufnahmen hast? Sie sagt, ich bin in New York, weil ich noch nie in New York war. Ich sage, setz dich ins nächste Flugzeug und komm zurück, sie sagt, ich will das nicht. Ich sage, was denkst du dir dabei, Puppe? Sie sagt, man muss es wollen, um gut zu sein, und ich will das nicht, ich sage, was zum Teufel willst du dann, und sie sagt, wenn ich's herausfinde, wirst du der Erste sein, der's erfährt. Verstehen Sie jetzt, was ich meine: gequirlte Kacke auf einem silbernen Tablett.«

Der rote Kater sprang von der Kiste herunter und rieb sich an seinem Bein. Er schob den Schuh unter den Kater und schleuderte ihn fort, was abscheulich von ihm war, allerdings schien er den Kater gar nicht zu bemerken, sondern nur seine eigene Verärgerung.

»*Das* will sie also?«, sagte er und breitete die Arme aus. »Irgendwelche Leute, die nicht erwartet werden. Von Trinkgeldern leben. Sich mit Nieten rumtreiben. Na, vielleicht kann sie ja Rusty Trawler heiraten. Soll man ihr dafür einen Orden verleihen?«

Er wartete und starrte mich finster an.

»Tut mir leid, den kenne ich nicht.«

»Wenn Sie Rusty Trawler nicht kennen, dann wissen Sie nicht viel von der Kleinen. Schade«, sagte er und schnalzte in seinem riesigen Kopf mit der Zunge. »Ich hatte gehofft, vielleicht haben Sie Einfluss. Können mit der Kleinen Klartext reden, bevor's zu spät ist.«

»Aber Sie haben doch behauptet, es ist schon zu spät.«

Er blies einen Rauchring, ließ ihn zergehen und lächelte; das Lächeln veränderte sein Gesicht, so dass etwas Sanftes darauf geschah. »Ich könnte den Karren wieder flottmachen. Wie ich Ihnen schon gesagt habe«, sagte er, und jetzt klang es ehrlich, »ich mag die Kleine wirklich.«

»Was für Skandalgeschichten erzählst du herum, O. J.?« Holly platschte ins Zimmer, nur mit einem Handtuch bekleidet, das sie sich mehr oder weniger umgewickelt hatte, und hinterließ auf dem Boden nasse Fußstapfen.

»Nur das Übliche. Dass du meschugge bist.«

»Das weiß Fred schon.«

»Aber du noch nicht.«

»Zünd mir eine Zigarette an, Herzchen«, sagte sie, rupfte sich die Badekappe vom Kopf und schüttelte ihre Haare aus. »Dich meine ich nicht, O. J. Du bist ein Ferkel. Du sabberst sie immer voll.«

Sie hob den Kater hoch und schwang ihn sich auf die Schulter. Er blieb dort hocken wie ein Vogel, die Pfoten in ihren Haaren verhakt, als seien sie Strickgarn; und doch, trotz dieser possierlichen Pose war er ein grimmiger Kater, mit dem Mördergesicht eines Piraten; ein Auge war klebrig-blind, das andere funkelte voll finsterer Taten.

»O. J. ist ein Ferkel«, sagte sie zu mir und nahm die Zigarette, die ich angezündet hatte. »Aber er weiß schrecklich viele Telefonnummern auswendig. Wie ist die von David O. Selznick, O. J.?«

»Hör auf.«

»Das ist kein Witz, Herzchen. Ich will, dass du ihn anrufst und ihm erzählst, was Fred für ein Genie ist. Er hat haufenweise absolut großartige Geschichten geschrieben. Du musst nicht rot werden, Fred: Du hast nicht gesagt, dass du ein Genie bist, ich hab's gesagt. Komm schon, O. J. Was wirst du tun, um Fred reich zu machen?«

»Vielleicht lässt du mich das mit Fred klären.«

»Denk dran«, sagte sie, als sie uns verließ. »Ich bin seine Agentin. Ach, noch was: wenn ich rufe, komm und mach mir den Reißverschluss zu. Und wenn einer klopft, lass ihn rein.«

Es klopfte nicht nur einer, es klopften viele. Innerhalb der nächsten Viertelstunde machte sich in der Wohnung ein Herrenabend breit, wobei einige der Herren Uniform trugen. Ich zählte zwei Marineoffiziere und einen Luftwaffenoberst; aber sie gerieten bald in die Unterzahl gegenüber ergrauenden Ankömmlingen jenseits der Wehrpflicht. Bis auf den Mangel an Jugend hatten die Gäste nichts miteinander gemein, sie schienen Fremde unter Fremden zu sein; und auf jedem neuen Gesicht, das eintrat, machte sich die Enttäuschung breit, schon andere dort zu sehen. Es war, als hätte die Gastgeberin ihre Einladungen auf einem Zickzackkurs durch etliche Bars ausgeteilt; was wahrscheinlich stimmte. Nach dem anfänglichen Stirnrunzeln mischten sie sich jedoch, ohne zu murren, unter die Menge, besonders O. J. Berman, der sich gierig auf alle Neuen stürzte, um zu vermeiden, mit mir über meine Hollywood-Zukunft reden zu müssen. Ich strandete am Bücherregal; mehr als die Hälfte der Bücher darin drehten sich um Pferde, der Rest um Baseball. Ich heuchelte Interesse an dem *Riecher für Pferde und wie man ihn entwickelt*, was mir genug Gelegenheit gab, Hollys Freunde in Augenschein zu nehmen.

Bald fiel mir einer davon besonders auf. Er war ein über vierzig Jahre altes Kind, das nie seinen Babyspeck abgelegt hatte, obwohl es einem begabten Schneider fast gelungen war, seinen fetten, zum Versohlen einladenden Hintern zu kaschieren. Sein Körper wies nicht die geringste Andeutung von Knochen auf; sein Gesicht, eine Null, gefüllt mit hübschen, winzigen Zügen, hatte etwas Unbenutztes, Jungfräuliches an sich: es war, als sei er geboren worden und habe sich dann ausgedehnt, wobei seine Haut so faltenlos geblieben war wie ein aufgeblasener Luftballon, während seine Lippen, wenn auch ständig bereit zu Geschrei und Wutanfällen, zu einem verwöhnten, süßen Schmollmündchen geschürzt waren. Doch es war nicht seine Erscheinung, durch die er aus dem Rahmen fiel; konservierte Kleinkinder sind gar nicht so selten. Es war vielmehr sein Verhalten, denn er benahm sich, als sei es seine Party: Wie ein rühriger Krake mixte er Martinis, machte Leute miteinander bekannt und bediente das Grammophon. Gerechterweise muss jedoch erwähnt werden, dass ihm die meisten seiner Tätigkeiten von der Gastgeberin selbst befohlen wurden: *Rusty, würde es dir was ausmachen; Rusty, würdest du bitte.* Falls er sie liebte, so hatte er seine Eifersucht gut im Griff. Ein eifersüchtiger Mann hätte die Beherrschung verlieren können, so, wie sie im Zimmer umhersegelte, mit der einen Hand den Kater haltend, doch die andere frei, um Krawatten zu richten oder Schuppen von Schultern zu entfernen; der Luftwaffenoberst trug einen Orden, der auf Hochglanz poliert wurde.

Der Mann hieß Rutherfurd (»Rusty«) Trawler. Im Jahre 1908 hatte er beide Eltern verloren, sein Vater war einem Anarchisten zum Opfer gefallen und seine Mutter einem Schock, welches doppelte Unglück Rusty nicht nur zu einer Waise, sondern auch zu einem Millionär und einer Berühmtheit gemacht hatte, alles im Alter von fünf Jahren. Seitdem war er ein Dauerbrenner der Sonntagsbeilagen gewesen, der sich zum Feuersturm ausgewachsen hatte, als er, noch im Schuljungenalter, veranlasste, dass sein Patenonkel-Vormund der Homosexualität angeklagt und in Gewahrsam genommen wurde. Danach sicherten ihm eine Heirat und eine Scheidung in der Boulevardpresse einen Platz an der Sonne. Seine erste Frau hatte sich mitsamt ihrer Abfindung zu einem Rivalen von Father Divine verfügt. Von der zweiten Frau scheint nichts überliefert zu sein, aber die dritte war im Staate New York gegen ihn vor Gericht gezogen, mit einer ganzen Mappe voll Anschuldigungen von der Art, die Schadenersatzkosten nach sich ziehen. Er selbst hatte sich dann von der letzten Mrs. Trawler scheiden lassen, wobei sein Hauptvorwurf darin bestand, sie habe an Bord seiner Jacht eine Meuterei angezettelt, die mit seiner Aussetzung auf den Dry Tortugas endete. Obwohl er seitdem Junggeselle geblieben war, hatte er offenbar vor dem Krieg Unity Mitford einen Heiratsantrag gemacht, zumindest soll er ihr ein Überseetelegramm geschickt haben mit dem Angebot, sie zu heiraten, falls Hitler es nicht tat. Das, so hieß es, war der Grund, warum Winchell ihn immer als Nazi bezeichnete; das und die Tatsache, dass er Versammlungen in Yorkville besuchte.

Diese Dinge wurden mir nicht erzählt. Ich las sie in dem *Baseballführer*, einem weiteren Band aus Hollys Bücherregal, den sie offenbar als Sammelalbum benutzte. Zwischen den Seiten steckten Reportagen aus Sonntagsbeilagen, zusammen mit Ausschnitten aus Klatschkolumnen. *Rusty Trawler und Holly Golightly amüsieren sich prächtig in der Uraufführung von One Touch of Venus.* Holly näherte sich mir von hinten und erwischte mich bei folgender Lektüre: *Miss Holiday Golightly von den Bostoner Golightlys macht jeden Tag zu einem Festtag für den 24-karätigen Rusty Trawler.*

»Bewunderst du meine Presse, oder bist du bloß ein Baseballfan?«, fragte sie und rückte ihre Sonnenbrille zurecht, während sie mir über die Schulter spähte.

Ich sagte: »Wie lautete diese Woche der Wetterbericht?«

Sie zwinkerte mir zu, aber es war nicht lustig gemeint, sondern eine Warnung. »Ich bin sehr für Pferde, aber Baseball kann ich nicht ausstehen«, sagte sie, und im Unterton ihrer Stimme teilte sie mir mit, sie wünschte, ich würde vergessen, dass sie je Sally Tomato erwähnt hatte. »Ich hasse Baseballreportagen im Radio, aber ich muss sie mir anhören, das gehört zu meinen Studien. Es gibt so wenige Dinge, über die Männer reden können. Wenn ein Mann Baseball nicht mag, dann muss er Pferde mögen, und wenn er beides nicht mag, dann bin ich sowieso in Schwierigkeiten: er mag keine Mädchen. Und wie kommst du mit O. J. voran?«

»Wir haben uns in gegenseitigem Einvernehmen getrennt.«

»Er ist eine Chance für dich, glaub mir.«

»Ich glaube dir. Aber was habe ich ihm zu bieten, das er als Chance für sich betrachten würde?«

Sie blieb dabei. »Geh rüber zu ihm und mach ihn glauben, dass er nicht komisch aussieht. Er kann dir wirklich helfen, Fred.«

»Wie ich höre, wusstest du seine Hilfe nicht sonderlich zu würdigen.« Sie schien ratlos, bis ich sagte: »*Doktor Wassells Flucht aus Java.*«

»Reitet er immer noch darauf herum?«, sagte sie und warf Berman quer durchs Zimmer einen liebevollen Blick zu. »Aber er hat nicht ganz Unrecht, ich *müsste* ein schlechtes Gewissen haben. Nicht weil sie mir die Rolle gegeben hätten, oder weil ich gut gewesen wäre: Ich hätte sie nicht bekommen, und gut gewesen wäre ich auch nicht. Wenn ich ein schlechtes Gewissen habe, dann wahrscheinlich, weil ich ihn habe weiterträumen lassen, wogegen ich überhaupt nicht geträumt habe. Ich habe bloß auf Zeit gespielt, um an mir ein paar Verbesserungen vorzunehmen: Ich wusste verdammt genau, ich werde nie ein Filmstar. Es ist zu schwer, und wenn man intelligent ist, ist es zu peinlich. Meine Komplexe sind nicht minderwertig genug: Filmstar sein und ein dickes, fettes Ego haben gehen angeblich Hand in Hand; dabei ist es in Wirklichkeit unbedingt notwendig, überhaupt kein Ich zu haben. Ich meine damit nicht, dass ich was dagegen hätte, reich und berühmt zu sein. Das liegt durchaus auf meiner Marschroute, und eines Tages werd ich versuchen, dahin zu kommen; aber wenn das passiert, hätt ich gern mein Ego mit dabei. Ich möchte immer noch ich selbst sein, wenn ich eines schönen Morgens aufwache zu einem Frühstück bei Tiffany. Du brauchst ein Glas«, sagte sie mit Blick auf meine leeren Hände. »Rusty! Bringst du meinem Freund einen Martini?«

Sie hielt immer noch den Kater im Arm. »Armes Schwein«, sagte sie und kitzelte seinen Kopf, »armes Schwein ohne einen Namen. Es ist ein bisschen unbequem, dass er keinen Namen hat. Aber ich habe kein Recht, ihm einen zu geben: Er wird warten müssen, bis er jemandem *gehört*. Wir haben eines Tages am Fluss irgendwie miteinander angebandelt, aber wir gehören einander nicht: er ist unabhängig, und ich bin's auch. Ich möchte nichts besitzen, bis ich weiß, ich habe den Ort gefunden, wo ich und das ganze Drumherum zusammengehören. Ich bin mir noch nicht sicher, wo das sein wird. Aber ich weiß, wie das sein muss.« Sie lächelte und ließ den Kater fallen. »Es muss sein wie bei Tiffany«, sagte sie. »Nicht, dass ich mir was aus Schmuck mache. Aus Diamanten schon. Aber es ist geschmacklos, Diamanten zu tragen, bevor man vierzig ist; und selbst dann ist es gewagt. Sie sehen erst bei sehr alten Frauen richtig gut aus. Maria Ouspenskaya. Knochen und Falten, weiße Haare und Diamanten. Ich kann's gar nicht erwarten. Aber deshalb bin ich nicht verrückt nach Tiffany. Weißt du, kennst du die Tage, wo du das rote Elend hast?«

»Genau wie das graue Elend?«

»Nein«, sagte sie langsam. »Nein, das graue Elend ist, weil man zu dick wird oder es zu lange regnet. Man ist traurig, das ist alles. Aber das fiese rote ist schrecklich. Man fürchtet sich, und man schwitzt wie ein Schwein, aber man weiß nicht, wovor man sich fürchtet. Bloß, dass etwas Schlimmes passieren wird, aber man weiß nicht, was. Hast du das Gefühl schon mal gehabt?«

»Ziemlich oft. Manche nennen es Angst.«

»Na schön. Angst. Aber was macht man dagegen?«

»Ein Schnaps hilft.«

»Damit hab ich's probiert. Ich hab's auch mit Aspirin probiert. Rusty meint, ich soll Marihuana rauchen, und das hab ich eine Weile lang getan, aber davon muss ich nur kichern. Ich hab herausgefunden, das Beste ist, in ein Taxi steigen und zu Tiffany fahren. Das beruhigt mich sofort, da ist es so still, und alles sieht so vornehm aus; dort kann einem nichts Schlimmes zustoßen, nicht bei diesen freundlichen Herren in ihren schönen Anzügen und diesem wunderbaren Geruch nach Silber und Krokodillederbrieftaschen. Wenn ich im richtigen Leben mal einen Ort finde, wo ich mich so fühle wie bei Tiffany, dann werde ich Möbel kaufen und dem Kater einen Namen geben. Ich habe gedacht, vielleicht nach dem Krieg, wenn Fred und ich …« Sie schob die Sonnenbrille hoch, und ihre Augen, die verschiedenen Farben darin, die Grautöne und die blauen und grünen Tupfen, hatten eine weitblickende Schärfe angenommen. »Ich bin mal nach Mexiko gefahren. Eine wunderbare Gegend, um Pferde zu züchten. Ich habe ein Stück Land am Meer gesehen. Fred kann gut mit Pferden umgehen.«

Rusty Trawler kam mit einem Martini; er gab ihn mir, ohne mich anzusehen. »Ich habe Hunger«, verkündete er, und seine Stimme, zurückgeblieben wie alles Übrige an ihm, klang wie das nervtötende Greinen eines kleinen Bengels, der Holly Vorwürfe machte. »Es ist halb acht, und ich habe Hunger. Du weißt, was der Arzt gesagt hat.«

»Ja, Rusty. Ich weiß, was der Arzt gesagt hat.«

»Na, dann mach hier Schluss. Lass uns gehen.«

»Rusty, sei artig.« Sie sprach leise, aber in ihrem Tonfall lag eine Gouvernantenandrohung von Strafe, die eine seltsame Röte der Freude, der Dankbarkeit auf sein Gesicht rief.

»Du liebst mich nicht«, klagte er, als seien sie allein.

»Niemand liebt Ungezogenheit.«

Offensichtlich hatte sie das gesagt, was er hören wollte: Es schien ihn zu erregen und gleichzeitig zu entspannen. Trotzdem fuhr er fort, als sei es ein Ritual: »Liebst du mich?«

Sie tätschelte ihn. »Mach dich wieder an die Arbeit, Rusty. Und wenn ich so weit bin, gehen wir essen, wohin du willst.«

»Nach Chinatown?«

»Aber es gibt keine süßsauren Schweinerippchen. Du weißt, was der Arzt gesagt hat.«

Während er zufrieden watschelnd zu seinen Pflichten zurückkehrte, konnte ich nicht umhin, sie daran zu erinnern, dass sie seine Frage nicht beantwortet hatte. »Liebst du ihn?«

»Ich hab dir gesagt: Man kann sich dazu bringen, jeden zu lieben. Außerdem hatte er eine scheußliche Kindheit.«

»Wenn sie so scheußlich war, warum hält er dann daran fest?«

»Schalte mal deinen Kopf ein. Kannst du nicht sehen, dass Rusty sich in Windeln viel wohler fühlt als in einem Rock? Das ist die Wahl, die ihm bleibt, und da ist er sehr empfindlich. Er wollte mich mal mit einem Buttermesser erstechen, bloß weil ich ihm gesagt habe, er soll erwachsen werden, sich bekennen und mit einem netten, väterlichen Lastwagenfahrer einen Hausstand gründen. Bis dahin habe ich ihn am Hals; aber das geht schon, er ist harmlos, er spielt mit Mädchen wie mit Puppen.«

»Gott sei Dank.«

»Wenn das auf die meisten Männer zuträfe, wäre ich Gott alles andere als dankbar.«

»Ich meine, Gott sei Dank wirst du Mr. Trawler nicht heiraten.«

Sie hob eine Augenbraue. »Ich tue übrigens nicht so, als wüsste ich nicht, dass er reich ist. Sogar in Mexiko hat Land seinen Preis. Und jetzt«, sagte sie, »knöpfen wir uns O. J. vor.«

Ich zögerte, während ich mir den Kopf nach einem Aufschub zerbrach. Dann fiel mir ein: »Warum *auf Reisen?*«

»Auf meiner Karte?«, fragte sie, aus dem Takt gebracht. »Findest du es komisch?«

»Nicht komisch. Nur provozierend.«

Sie zuckte die Achseln. »Schließlich, was weiß ich, wo ich morgen wohnen werde? Also habe ich ihnen gesagt, sie sollen *auf Reisen* hinschreiben. Jedenfalls war es reine Geldverschwendung, diese Karten zu bestellen. Aber ich hatte das Gefühl, ich schuldete es ihnen, wenigstens eine Kleinigkeit zu kaufen. Die sind von Tiffany.« Sie langte nach meinem Martini, den ich nicht angerührt hatte; sie leerte das Glas in zwei Schlucken und nahm meine Hand. »Hör auf, dich zu sträuben. Du wirst dich mit O. J. anfreunden.«

Ein Ereignis an der Tür kam dazwischen. Es war eine junge Frau, und sie kam herein wie ein Windstoß, eine Sturmboe aus Schals und klimperndem Gold. »H-H-Holly«, sagte sie und drohte mit einem Finger, während sie voranschritt, »du elender G-G-Geizdrachen. Hortest hier all diese b-b-bezaubernden M-M-Männer!«

Sie war weit über einen Meter achtzig groß, größer als die meisten Männer im Raum. Die drückten die Wirbelsäule durch und zogen den Bauch ein; es gab einen allgemeinen Wettbewerb, ihre schwankende Höhe zu erreichen.

Holly sagte: »Was machst du denn hier?«, und ihre Lippen waren straff wie eine gespannte Schnur.

»N-N-Na, nichts, Schatz. Ich war oben und hab mit Yunioshi gearbeitet. Weihnachtssachen für *Harper's Baba-zaar*. Aber du klingst so böse, Schatz?« Sie verstreute ringsum ein Lächeln. »Ihr Jungs seid mir doch nicht b-b-böse, dass ich so in eure P-P-Party reinplatze?«

Rusty Trawler kicherte. Er drückte ihren Arm, als wollte er ihre Muskeln bewundern, und fragte sie, ob sie einen Drink gebrauchen konnte.

»Aber sicher«, sagte sie. »Für mich einen Bourbon.«

Holly sagte ihr: »Es ist keiner da.« Worauf der Luftwaffenoberst sich erbötig machte, rasch eine Flasche zu holen.

»Ach was, b-b-bloß keine Umstände. Ich trinke auch Ammoniak. Holly, Schatz«, sagte sie und gab ihr einen leichten Schubs, »gib dir meinetwegen keine Mühe. Ich kann mich selbst mit allen bekannt machen.« Sie beugte sich zu O. J. Berman hinunter, der wie viele kleine Männer in der Gegenwart großer Frauen einen sehnsüchtigen Schleier in den Augen hatte. »Ich bin Mag W-W-Wildwood aus Wildw-w-wood, Arkansas. Da gibt's v-v-viele hohe Berge.«

Man musste es schon einen Tanz nennen, was Berman an Beinarbeit aufbot, um zu verhindern, dass Rivalen sie abklatschten. Doch schließlich verlor er sie in einer Quadrille an Partner, die ihre gestotterten Witze aufpickten wie Popcorn, das man Tauben hinwirft. Ihr Erfolg war begreiflich. Sie war ein Triumph über die Hässlichkeit, der oft mehr betört als wahre Schönheit, und wenn nur, weil er eigentlich paradox ist. In ihrem Fall, im Gegensatz zu der gewissenhaften Methode des schlichten guten Geschmacks und der wissenschaftlich untermauerten Körperpflege, wurde die Wirkung durch eine Übertreibung der Mängel erzielt; sie schmückte sich damit durch kühne Betonung. Absätze, die ihre Körpergröße unterstrichen, so hoch, dass ihre Fußgelenke wackelten; ein eng anliegendes, flaches Oberteil, das signalisierte, sie konnte nur mit einer Badehose bekleidet an den Strand gehen, Haare, die straff zurückgezogen waren und dadurch das Hagere, das Verhungerte ihres Mannequingesichts betonten. Sogar das Stottern, bestimmt echt, aber trotzdem ein wenig übertrieben, war in einen Vorteil verkehrt worden. Dieses Stottern war überhaupt das Meisterstück; denn es brachte zuwege, dass ihre Banalitäten irgendwie originell klangen, und außerdem, ihrer Körpergröße, ihrer Selbstsicherheit zum Trotz, weckte es in männlichen Zuhörern Beschützergefühle. Um das zu veranschaulichen: Berman brauchte die Hilfe Umstehender, die ihm auf den Rücken klopfen mussten, weil sie gesagt hatte: »W-W-Weiß jemand, wo das K-K-Klo ist?«; dann, den Kreis schließend, bot er ihr seinen Arm, um sie selbst hinzugeleiten.

»Das«, sagte Holly, »wird nicht nötig sein. Sie ist schon mal hier gewesen. Sie weiß, wo es ist.« Sie leerte gerade Aschenbecher, und nachdem Mag Wildwood das Zimmer verlassen hatte, leerte sie noch einen und sagte, vielmehr seufzte: »Es ist wirklich sehr traurig.« Sie schwieg lange genug, um die Anzahl der fragenden Gesichter zu ermitteln; es waren genügend. »Und so geheimnisvoll. Man sollte meinen, dass es deutlicher zutage tritt. Aber weiß Gott, sie *sieht* gesund aus. Und so *sauber*. Das ist das Merkwürdigste daran. Würdest du nicht«, fragte sie besorgt, aber niemanden im Besonderen, »würdest du nicht sagen, sie *sieht* sauber aus?«

Jemand hustete, mehrere schluckten. Ein Marineoffizier, der Mag Wildwoods Glas gehalten hatte, stellte es hin.

»Aber schließlich«, sagte Holly, »haben ja so viele dieser Mädchen aus den Südstaaten dasselbe Leiden.« Sie schauderte leicht und ging in die Küche, Eis holen.

Mag Wildwood konnte es nicht verstehen, dieses abrupte Fehlen von Wärme bei ihrer Rückkehr; die Gespräche, die sie begann, verhielten sich wie grünes Holz, sie qualmten, wollten aber nicht brennen. Noch unverzeihlicher, mehrere Herren gingen, ohne sich ihre Telefonnummer geben zu lassen. Der Luftwaffenoberst machte sich aus dem Staub, während sie ihm den Rücken kehrte, und das brachte das Fass zum Überlaufen: er hatte sie doch eingeladen, mit ihm essen zu gehen. Plötzlich war sie blind vor Wut. Und da Gin und Raffinesse sich zueinander verhalten wie Tränen und Wimperntusche, verflüchtigten sich ihre Reize umgehend. Sie ließ ihren Zorn an allen aus. Sie erklärte ihre Gastgeberin zu Hollywood-Abfall. Sie forderte einen Mann in den Fünfzigern auf, sich mit ihr zu prügeln. Sie sagte Berman, Hitler habe vollkommen Recht. Sie erheiterte Rusty Trawler, indem sie ihn in eine Ecke drängte. »Weißt du, was mit dir passieren wird?«, sagte sie ohne das geringste Stottern. »Ich werde dich in den Zoo bringen und an den Yak verfüttern.« Er schien durchaus dazu bereit zu sein, aber sie enttäuschte ihn, indem sie zu Boden glitt, wo sie sitzen blieb und vor sich hin summte.

»Du bist eine Pest. Steh schon auf«, sagte Holly und zog sich Handschuhe an. Die Reste der Party warteten an der Tür, und als die Pest sich nicht rührte, warf Holly mir einen flehentlichen Blick zu. »Sei ein Engel, bitte, Fred, ja? Steck sie in ein Taxi. Sie wohnt im Winslow.«

»Nein. Wohn im Barbizon. Regent 4-5700. Verlang Mag Wildwood.«

»Du *bist* ein Engel, Fred.«

Sie waren fort. Die Aussicht, die lange Latte in ein Taxi verfrachten zu müssen, war schlimmer als aller Groll, den ich empfand. Aber sie löste das Problem selbst. Sie erhob sich aus eigener Kraft und starrte aus schwindelnder Höhe zu mir herunter. Sie sagte: »Gehn wir in den Stork. Auf eine Nasevoll«, und schlug der Länge nach hin wie eine gefällte Eiche. Mein erster Gedanke war, einen Arzt zu holen. Aber eine Untersuchung ergab, dass ihr Puls kräftig und ihre Atmung regelmäßig war. Sie lag einfach in tiefem Schlummer. Nachdem ich ihr ein Kissen unter den Kopf geschoben hatte, ging ich, damit sie ihn in Ruhe genießen konnte.

Am folgenden Nachmittag stieß ich mit Holly auf der Treppe zusammen. »Also weißt du!«, sagte sie und eilte mit einem Päckchen aus der Apotheke an mir vorbei. »Jetzt ist sie am Rande einer Lungenentzündung. Mit einem Kopf wie eine Eckkneipe. Und dazu noch das rote Elend.« Ich schloss daraus, dass Mag Wildwood sich immer noch in ihrer Wohnung befand, aber sie gab mir keine Gelegenheit, ihr überraschendes Mitleid zu erkunden. Im Laufe des Wochenendes wurde das Geheimnis noch unergründlicher. Zuerst landete ein Südamerikaner vor meiner Tür: fälschlich, denn er erkundigte sich nach Miss Wildwood. Es dauerte eine Weile, seinen Irrtum zu korrigieren, denn wir blieben einander lange unverständlich, aber als wir es schließlich geschafft hatten, war ich entzückt. Er war mit Sorgfalt konstruiert worden, sein brauner Kopf und seine Stierkämpferfigur wiesen eine ganz bestimmte Präzision, eine Vollkommenheit auf, wie ein Apfel, eine Apfelsine, wie etwas von der Natur genau richtig Erschaffenes. Hinzu kamen als Verzierung ein englischer Anzug, ein frisches Parfüm und, für einen Südamerikaner noch untypischer, Schüchternheit. Im zweiten Ereignis des Tages spielte er auch eine Rolle. Es war gegen Abend, und ich sah ihn auf meinem Weg hinaus, als ich essen ging. Er traf in einem Taxi ein; der Fahrer half ihm, zahlreiche Koffer ins Haus zu schleppen. Das gab mir etwas zu kauen: Sonntag früh waren meine Kiefer erschöpft.

Dann verdunkelte sich das Bild und wurde gleichzeitig klarer.

Der Sonntag war ein Spätsommertag, die Sonne schien kräftig, das Fenster stand offen, und ich hörte Stimmen auf der Feuertreppe. Holly und Mag hatten sich dort auf einer Decke niedergelassen, mit dem Kater zwischen ihnen. Ihre frisch gewaschenen Haare hingen glatt herunter. Beide waren beschäftigt, Holly damit, ihre Zehennägel zu lackieren, Mag damit, einen Pullover zu stricken. Mag sprach.

»Wenn du mich fragst, hast du wirklich Sch-Sch-Schwein. Für Rusty spricht zumindest eins. Er ist Amerikaner.«

»Na und?«

»*Schatz.* Wir sind im Krieg.«

»Und wenn der vorbei ist, dann nichts wie weg hier.«

»Das geht mir nicht so. Ich bin st-st-stolz auf mein Land. Die Männer in meiner Familie waren große Soldaten. Direkt im Zentrum von Wildwood steht ein Denkmal von Großpapa Wildwood.«

»Fred ist auch Soldat«, sagte Holly. »Aber ich bezweifle, dass er je zum Denkmal wird. Möglich wär's schon. Es heißt, je dümmer, desto tapferer. Und er ist ziemlich dumm.«

»Fred ist der Junge von oben? Ich wusste gar nicht, dass er Soldat ist. Aber dumm sieht er aus.«

»Sehnsüchtig. Nicht dumm. Er möchte schrecklich gern drin sein und hinausschauen: jeder, der sich die Nase an einer Glasscheibe plattdrückt, neigt dazu, dumm auszusehen. Jedenfalls ist das ein anderer Fred. Fred ist mein Bruder.«

»Du nennst dein eigen F-F-Fleisch und B-B-Blut dumm?«

»Wenn er's ist, ist er's.«

»Na, aber es ist schlechter Geschmack, das zu sagen. Ein Junge, der für dich und mich und uns alle kämpft.«

»Was ist das: eine Werbeveranstaltung für Kriegsanleihen?«

»Ich möchte nur, dass du weißt, wo ich stehe. Ich weiß einen Witz zu schätzen, aber darunter bin ich ein e-eernsthafter Mensch. Stolz darauf, Amerikanerin zu sein. Deswegen bedaure ich das mit José.« Sie legte ihr Strickzeug hin. »Du findest doch auch, dass er schrecklich gut aussieht, oder?« Holly sagte Hmm und fuhr dem Kater mit ihrem Lackpinsel durch die Schnurrhaare. »Wenn ich mich nur an den Gedanken gewöhnen könnte, einen B-B-Brasilianer zu heiraten. Und selbst B-B-Brasilianerin zu werden. Da ist solch ein Abgrund zu überqueren. Sechstausend Meilen, und ich kann die Sprache nicht ...«

»Geh zu Berlitz.«

»Warum in aller Welt sollen die P-P-Portugiesisch unterrichten? Das spricht doch kein Mensch. Nein, meine einzige Chance ist, José dazu zu bringen, dass er die Politik vergisst und Amerikaner wird. Ist doch völlig sinnlos für einen Mann, so was werden zu wollen: P-P-Präsident von *Brasilien*.« Sie seufzte und griff wieder zu ihrem Strickzeug. »Ich muss wahnsinnig verliebt sein. Du hast uns doch zusammen gesehen. Meinst du, ich bin wahnsinnig verliebt?«

»Beißt er?«

Mag ließ eine Masche fallen. »Beißt er?«

»Dich. Im Bett.«

»Nein. *Müsste* er?« Dann fügte sie tadelnd hinzu: »Aber er lacht.«

»Gut. Das ist die richtige Einstellung. Ich mag Männer, die die komische Seite sehen; die meisten bestehen nur aus Ächzen und Keuchen.«

Mag zog ihre Klage zurück; sie fasste die Bewertung als ein Kompliment auch für sich selbst auf. »Ja. Kannst Recht haben.«

»So. Er beißt nicht. Er lacht. Was sonst noch?«

Mag nahm ihre gefallene Masche auf und fing von vorn an, eins rechts, zwei links.

»Ich hab gefragt …«

»Hab's gehört. Und es ist nicht so, dass ich dir's nicht sagen möchte. Aber es fällt mir schwer, mich daran zu erinnern. Ich reite nicht gern auf diesen Dingen herum. Nicht so wie du. Sie gehen mir aus dem Kopf wie ein Traum. Ich bin überzeugt, das ist die n-n-normale Haltung.«

»Es mag normal sein, Herzchen; aber ich bin lieber natürlich.« Holly schwieg, um die übrigen Schnurrhaare des Katers rot zu lackieren. »Pass auf. Wenn du dich nicht erinnern kannst, versuch, das Licht anzulassen.«

»Bitte versteh mich, Holly. Ich bin ein sehr-sehr-sehr *konventioneller* Mensch.«

»Ach, Quatsch. Was ist falsch daran, sich einen Mann, den man mag, gründlich anzuschauen? Männer sind schön, jedenfalls viele, José bestimmt, und wenn du ihn nicht mal anschauen magst, dann würde ich sagen, kriegt er einen Teller voll kalter Nudeln.«

»R-R-Red leiser.«

»Du kannst unmöglich in ihn verliebt sein. Beantwortet das deine Frage?«

»Nein. Weil ich kein Teller voll kalter N-N-Nudeln bin. Ich bin ein warmherziger Mensch. Das liegt in meinem Charakter.«

»Gut. Du hast ein warmes Herz. Aber wenn ich ein Mann auf dem Weg ins Bett wäre, würde ich lieber eine Wärmflasche mitnehmen. Die ist greifbarer.«

»José hat sich bisher noch nicht beklagt«, sagte sie selbstzufrieden und ließ die Stricknadeln im Sonnenlicht aufblitzen. »Und außerdem *bin* ich in ihn verliebt. Ist dir klar, dass ich in weniger als drei Monaten zehn Paar karierte Socken gestrickt habe? Und das ist der zweite Pullover.« Sie zog den Pullover in die Länge und warf ihn hin. »Aber was soll's? Pullover in Brasilien. Ich müsste T-T-Tropenhelme stricken.«

Holly lehnte sich zurück und gähnte. »Da muss es auch mal Winter werden.«

»Es *regnet*, das weiß ich. Hitze. Regen. U-U-Urwald.«

»Hitze. Urwald. Das könnte mir gefallen.«

»Besser du als ich.«

»Ja«, sagte Holly mit einer Schläfrigkeit, die ganz und gar nicht schläfrig war. »Besser ich als du.«

Als ich am Montag hinunterging, um die Morgenpost zu holen, war die Karte an Hollys Briefkasten geändert und ein Name hinzugefügt worden: Miss Golightly und Miss Wildwood reisten jetzt zusammen. Das hätte mein Interesse länger fesseln können, nur dass in meinem eigenen Kasten ein Brief lag. Er kam von einer kleinen Universitätszeitschrift, der ich eine Erzählung geschickt hatte. Sie gefiel ihnen; und sie hatten, obwohl ich Verständnis dafür aufbringen musste, dass sie kein Honorar zahlen konnten, die Absicht, sie zu veröffentlichen. Veröffentlichen: das bedeutete *drucken*. Schwindlig vor Aufregung ist keine bloße Redewendung. Ich musste es jemandem erzählen: So stürzte ich, immer zwei Stufen auf einmal, die Treppe hoch und hämmerte an Hollys Tür.

Ich traute meiner Stimme nicht zu, von der Neuigkeit zu berichten; sobald sie mit verschlafen blinzelnden Augen an die Tür kam, streckte ich ihr den Brief entgegen. Es kam mir vor, als hätte sie genug Zeit gehabt, um sechzig Seiten zu lesen, bis sie ihn schließlich zurückgab. »Ich würde denen das nicht erlauben, wenn die nichts dafür bezahlen«, sagte sie gähnend. Vielleicht erklärte mein Gesicht, dass ihr ein Fehler unterlaufen war, dass ich keine Ratschläge wollte, sondern Glückwünsche: ihr Mund verzog sich von einem Gähnen zu einem Lächeln. »Ah, ich verstehe. Es ist wunderbar. Na, komm rein«, sagte sie. »Wir kochen eine Kanne Kaffee und feiern. Nein. Ich zieh mich an und führ dich zum Essen aus.«

Ihr Schlafzimmer stand im Einklang mit ihrem Salon: Es bot dieselbe Umzugsatmosphäre; Kisten und Koffer, alles gepackt und aufbruchsbereit, wie die Habseligkeiten eines Verbrechers, der spürt, dass ihm das Gesetz auf den Fersen ist. Im Salon gab es keine üblichen Möbel, doch das Schlafzimmer enthielt immerhin ein Bett, nämlich ein Doppelbett, und dazu ein recht protziges: helles Holz, gesteppter Satin.

Sie ließ die Badezimmertür auf und unterhielt sich von dort aus mit mir; zwischen dem Rauschen und Brausen ging das meiste von dem, was sie sagte, verloren, aber das Wesentliche war: vermutlich *wusste* ich schon, dass Mag Wildwood eingezogen war, und war das nicht *praktisch*? Denn *wenn* man schon eine Mitbewohnerin braucht und sie *keine* Lesbierin ist, dann ist das Zweitbeste eine *absolut* doofe Nuss, was Mag *war*, denn dann kann man ihr die Miete aufhalsen *und* sie die Wäsche holen schicken.

Es war ohne weiteres zu erkennen, dass Holly ein Wäscheproblem hatte; das Zimmer war übersät, wie der Umkleideraum einer Mädchenturnhalle.

»… Und weißt du, sie ist ein recht erfolgreiches Manne-quin: Ist das nicht phantastisch? Aber das ist gut so«, sagte sie, als sie aus dem Badezimmer humpelte und einen Strumpf am Halter festmachte. »Dann kommt sie mir we-nigstens tagsüber nicht so in die Quere. Und an der Män-nerfront sollte es auch keine allzu großen Probleme geben. Sie ist verlobt. Netter Bursche. Obwohl es einen winzigen Größenunterschied gibt: ich würde sagen, über einen Kopf, zu ihren Gunsten. Wo zum Teufel …« Sie lag auf den Knien und stocherte unter dem Bett. Nachdem sie gefunden hatte, was sie suchte, ein Paar Eidechsenschuhe, musste sie nach einer Bluse stöbern, einem Gürtel, und es blieb ein Rätsel, wie sie es fertigbrachte, aus einer solchen Unordnung schließlich so hervorzugehen: verwöhnt, gelassen und ma-kellos, als sei sie von Kleopatras Leibdienerinnen umsorgt worden. Sie sagte: »Hör zu«, und legte ihre Hand unter mein Kinn, »ich freu mich wegen der Geschichte. Wirklich.«

Dieser Montag im Oktober 1943. Ein schöner Tag mit der Schwungkraft eines Vogels. Zu Beginn tranken wir Man-hattans bei Joe Bell und, als er von meinem Glück hörte, Champagnercocktails aufs Haus. Danach schlenderten wir zur Fifth Avenue, wo eine Parade stattfand. Die Fah-nen im Wind, das Stampfen der Militärkapellen und der militärischen Füße schienen nichts mit dem Krieg zu tun zu haben, sondern vielmehr eine mir zu Ehren veranstal-tete Feier zu sein.

Wir aßen in dem Restaurant im Central Park zu Mittag. Hinterher, unter Umgehung des Zoos (Holly sagte, sie könne nicht ertragen, irgendetwas in einem Käfig zu sehen), rannten wir auf den Wegen lachend und singend zu dem alten, hölzernen Bootshaus, das inzwischen verschwunden ist. Blätter schwammen auf dem See; am Ufer fachte ein Parkwächter ein Feuer aus welkem Laub an, und der Rauch, der aufstieg wie Indianersignale, war die einzige Trübung in der zitternden Luft. Der April hat mir nie viel bedeutet, der Herbst scheint die Jahreszeit des Neubeginns, des Frühlings zu sein; dieses Gefühl hatte ich, als ich mit Holly auf dem Geländer der Bootshausveranda saß. Ich dachte an die Zukunft und sprach von der Vergangenheit. Denn Holly hatte mich nach meiner Kindheit gefragt. Sie erzählte auch von ihrer eigenen; aber verschwommen, ohne Namens- oder Ortsangaben, eine impressionistische Schilderung, wenn auch von ganz anderer Art, als man erwartete, denn es war darin nahezu lustvoll vom Baden und vom Sommer, von Weihnachtsbäumen, hübschen Vettern und Festen die Rede: kurzum, glücklich auf eine Weise, wie Holly es nicht war, und nie und nimmer das Umfeld eines Kindes, das von zu Hause fortgelaufen war.

Oder, fragte ich, stimmte es etwa nicht, dass sie sich seit ihrem vierzehnten Lebensjahr allein durchgeschlagen hatte? Sie rieb sich die Nase. »Doch, das stimmt. Das andere nicht. Aber im Ernst, Herzchen, du hast aus deiner Kindheit solch eine *Tragödie* gemacht, dass ich damit nicht wetteifern wollte.«

Sie sprang vom Geländer herunter. »Jedenfalls erinnert mich das daran: ich muss Fred Erdnussbutter schicken.«

Den Rest des Nachmittags über pendelten wir hin und her und schwatzten widerwilligen Lebensmittelhändlern Dosen mit Erdnussbutter ab, einer kriegsbedingten Mangelware; die Dunkelheit brach herein, bevor wir ein halbes Dutzend Dosen zusammenhatten, die letzte aus einem Feinkostgeschäft in der Third Avenue. Es befand sich ganz in der Nähe von dem Antiquitätenladen mit dem palastartigen Vogelkäfig im Schaufenster, also führte ich sie dorthin, um ihn ihr zu zeigen, und ihr gefiel seine Eigenart, seine phantasievolle Pracht. »Aber trotzdem, es ist und bleibt ein Käfig.«

Als wir bei einem Woolworth vorbeikamen, packte sie meinen Arm: »Komm, wir stehlen was«, sagte sie und zog mich in das Warenhaus, wo sich sofort Augen auf uns zu richten schienen, als stünden wir schon unter Verdacht. »Los, sei kein Feigling.« Sie umstrich einen Ladentisch voller Pappmachékürbisse und Halloween-Masken. Die Verkäuferin war gerade mit einer Gruppe von Nonnen beschäftigt, die Masken aufprobierten. Holly nahm eine Maske und setzte sie sich auf; sie wählte eine andere aus und setzte sie mir auf; dann ergriff sie meine Hand, und wir gingen hinaus. So einfach war das. Draußen rannten wir ein ganzes Stück, ich glaube, um es dramatischer zu machen; aber auch, weil, wie ich entdeckt hatte, erfolgreicher Diebstahl in Hochstimmung versetzt. Ich fragte sie, ob sie schon oft gestohlen hatte. »Früher ja«, sagte sie. »Ich meine, ich musste einfach. Wenn ich was haben wollte. Aber hin und wieder tu ich's immer noch, um in Übung zu bleiben.«

Wir trugen die Masken, bis wir zu Hause waren.

In meiner Erinnerung habe ich viele Hierhin-und-dorthin-Tage mit Holly verbracht: und es ist wahr, gelegentlich unternahmen wir etwas; aber im Großen und Ganzen ist die Erinnerung falsch. Denn gegen Ende des Monats fand ich Arbeit: was gibt es da hinzuzufügen? Je weniger, desto besser, außer vielleicht, dass sie notwendig war und von neun bis fünf dauerte. Was unseren Tagesablauf, Hollys und meinen, extrem verschieden machte.

Außer am Donnerstag, ihrem Sing-Sing-Tag, oder wenn sie in den Park reiten gegangen war, was sie hin und wieder tat, stand Holly gerade erst auf, wenn ich nach Hause kam. Manchmal schaute ich kurz vorbei und teilte ihren Wachmacherkaffee mit ihr, während sie sich für den Abend zurechtmachte. Sie ging ständig aus, nicht immer mit Rusty Trawler, aber meistens, und meistens gesellten sich auch Mag Wildwood und der schöne Brasilianer dazu, dessen Name José Ybarra-Jaegar lautete: seine Mutter war Deutsche. Als Quartett klangen sie ein wenig unrein, was hauptsächlich an Ybarra-Jaegar lag, der in ihrer Gesellschaft so fehl am Platz wirkte wie eine Geige in einer Jazzkapelle. Er war intelligent, er war ansehnlich, ihm lag offensichtlich viel an seiner Arbeit, die irgendwie irgendwas mit wichtigen Regierungsgeschäften zu tun hatte und ihn an mehreren Tagen in der Woche nach Washington führte. Wie konnte er dann eine Nacht nach der anderen im La Rue, im El Morocco überleben, in den Ohren das Wildwood-G-G-Geschwätz und vor den Augen Rustys aufgedunsenes Babypopo-Gesicht? Vielleicht, wie die meisten von uns in einem fremden Land, war er unfähig, Menschen einzuordnen, sie in den richtigen Rahmen zu stecken, wie er es zu Hause getan hätte; deshalb mussten alle Amerikaner so ziemlich im selben Licht beurteilt werden, und auf dieser Grundlage kamen ihm seine Begleiter wie erträgliche Vertreter des Lokalkolorits und des Nationalcharakters vor. Das würde vieles erklären; Hollys Zielstrebigkeit erklärt den Rest.

Spät eines Nachmittags, während ich auf einen Fifth-Avenue-Bus wartete, sah ich ein Taxi auf der anderen Straßenseite halten, um ein Mädchen aussteigen zu lassen, das die Stufen der Stadtbibliothek in der Forty-second Street hinaufrannte. Ich erkannte sie erst, als sie schon die Tür passiert hatte, was verzeihlich war, denn Holly und Bibliotheken waren nicht leicht miteinander in Verbindung zu bringen. Ich ließ mich von der Neugier zwischen den Löwen hindurchführen und überlegte auf dem Weg, ob ich zugeben sollte, dass ich ihr gefolgt war, oder einen Zufall vortäuschen sollte. Am Ende tat ich weder das eine noch das andere, sondern versteckte mich ein paar Tische weiter im Lesesaal, wo sie hinter ihrer Sonnenbrille und einem Wall aus Literatur saß, den sie aufgehäuft hatte. Sie eilte von einem Buch zum nächsten, verweilte zwischendurch auf einer Seite, immer mit gerunzelter Stirn, als sei die Schrift verkehrt herum. Sie hielt einen Bleistift über einem Blatt Papier bereit – doch nichts schien ihr Interesse zu wecken, trotzdem machte sie hin und wieder, wohl der Form halber, eifrig Notizen. Während ich sie beobachtete, musste ich an ein Mädchen denken, das ich in der Schule gekannt hatte, eine Streberin namens Mildred Grossman. Mildred: mit dem feuchten Haar und der fettigen Brille, den fleckigen Fingern, die Frösche sezierten und Streikposten Kaffee brachten, mit den stumpfen Augen, die sich den Sternen nur zuwandten, um deren spezifisches Gewicht zu schätzen. Erde und Luft konnten nicht gegensätzlicher sein als Mildred und Holly, doch in meinem Kopf wurden sie zu siamesischen Zwillingen. Der Gedankenfaden, der sie zusammengenäht hatte, lief so: die durchschnittliche Persönlichkeit formt sich des Öfteren um, alle paar Jahre unterzieht sich sogar unser Körper einer Generalüberholung – ob wünschenswert oder nicht, es ist etwas ganz Natürliches, dass wir uns verändern. So, und hier waren zwei Menschen, die sich nie ändern würden. Das hatte Mildred Grossman mit Holly Golightly gemein. Sie würden sich nie ändern, denn ihr Charakter war ihnen zu früh gegeben worden; was, wie plötzlicher Reichtum, zu einem Mangel an Ausgewogenheit führt: die eine hatte sich zu einer kopflastigen Realistin verfestigt, die andere zu einer schrägen Romantikerin. Ich stellte mir beide in einem Restaurant der Zukunft vor, Mildred, die immer noch die Speisekarte auf die Nährwerte hin studierte, und Holly, die immer noch nach allem gierte, was darauf stand. Es würde nie anders sein. Sie würden mit demselben entschlossenen Schritt, der von jenen Abgründen zur Linken kaum Notiz nimmt, durchs Leben gehen und schließlich auch daraus hinaus. Solche tiefgründigen Betrachtungen ließen mich vergessen, wo ich war; als ich zu mir kam, erschrak ich, weil ich mich im Halbdunkel der Bibliothek wiederfand, und war aufs Neue davon überrascht, Holly dort zu sehen. Es war nach sieben, sie zog sich die Lippen nach und hübschte ihre Erscheinung von dem, was sich ihrer Meinung nach für eine Bibliothek geziemt, mit Hilfe von einem Schal und Ohrringen zu dem auf, was sie fürs Colony passend fand. Als sie gegangen war, schlenderte ich zu ihrem Tisch hinüber, auf dem ihre Bücher verblieben waren; sie entsprachen meinen Vorstellungen. *Mit dem Donnervogel nach Süden. Brasiliens Brauchtum. Die politischen Bewegungen in Lateinamerika.* Und so weiter.

Am Heiligabend gaben Holly und Mag eine Party. Holly bat mich, früher zu kommen und den Baum schmücken zu helfen. Ich weiß immer noch nicht, wie sie diesen Baum in die Wohnung bugsiert haben. Die obersten Zweige wurden von der Zimmerdecke geknickt, die unteren reichten von Wand zu Wand; jedenfalls war er nicht viel anders als der Weihnachtsriese, der auf der Rockefeller Plaza zu sehen ist. Außerdem hätte man ein Rockefeller sein müssen, um ihn zu schmücken, denn er sog Christbaumkugeln und Lametta auf wie schmelzenden Schnee. Holly schlug vor, rasch zu Woolworth zu laufen und Luftballons zu stehlen; was sie tat: und die verwandelten den Baum in ein ansehnliches Schmuckstück. Wir stießen auf unser Werk an, und Holly sagte: »Schau mal im Schlafzimmer nach. Da ist ein Geschenk für dich.«

Ich hatte auch eins für sie: ein kleines Päckchen in meiner Tasche, das sich noch kleiner anfühlte, als ich, mitten auf dem Bett und mit einer roten Schleife drum herum, den schönen Vogelkäfig sah.

»Aber Holly! Wie entsetzlich!«

»Ich bin völlig deiner Meinung; aber ich dachte, du willst ihn haben.«

»Das Geld! Dreihundertfünfzig Dollar!«

Sie zuckte die Achseln. »Ein paar zusätzliche Gänge zur Damentoilette. Du musst mir aber was versprechen. Versprich mir, dass du nie ein Lebewesen hineintun wirst.«

Ich wollte sie küssen, aber sie streckte die Hand aus. »Gib her«, sagte sie und tippte auf die Beule in meiner Tasche.

»Ich fürchte, es ist nicht viel«, und das war es auch nicht: ein Sankt-Christophorus-Anhänger. Aber wenigstens war er von Tiffany. Holly war keine Frau, die irgendetwas behalten konnte, und bestimmt hat sie diesen Anhänger inzwischen verloren, in einem Koffer oder einer Hotelschublade zurückgelassen. Aber der Vogelkäfig ist immer noch bei mir. Ich habe ihn nach New Orleans geschleppt, nach Nantucket, durch ganz Europa, nach Marokko und in die Karibik. Doch ich denke selten daran, dass es Holly war, die ihn mir geschenkt hat, denn zu einem bestimmten Zeitpunkt entschied ich mich, das zu vergessen: wir hatten ein schweres Zerwürfnis, und zu den Dingen, die im Auge unseres Wirbelsturms kreisten, gehörten der Vogelkäfig und O. J. Berman und meine Erzählung, von der ich Holly ein Exemplar gegeben hatte, als sie in der Universitätszeitschrift erschienen war.

Irgendwann im Februar hatte Holly mit Rusty, Mag und José Ybarra-Jaegar eine Winterreise angetreten. Unsere Auseinandersetzung ereignete sich bald nach ihrer Rückkehr. Sie war braun wie Jod, das Haar von der Sonne zu einer geisterhaften Farbe gebleicht, und sie hatte sich wunderbar amüsiert: »Zuerst waren wir in Key West, und Rusty hat sich mit ein paar Matrosen angelegt oder die sich mit ihm, jedenfalls wird er für den Rest seines Lebens ein Stützkorsett tragen müssen. Die liebe Mag ist auch im Krankenhaus gelandet. Sonnenbrand. Verbrennungen ersten Grades. Ekelhaft: nichts als Blasen und Zitronenöl. Wir konnten ihren Gestank nicht aushalten. Also haben José und ich die beiden im Krankenhaus gelassen und sind nach Havanna gefahren. Er sagt, warte, bis du Rio siehst; aber was mich anbelangt, setze ich mein Geld schon jetzt auf Havanna. Wir hatten einen unwiderstehlichen Reiseführer, größtenteils Schwarzer und der Rest Chinese, und obwohl ich mir weder aus den einen noch den anderen viel mache, war die Mischung absolut faszinierend: also haben wir unter dem Tisch gefüßelt, weil ich ihn gar nicht unübel fand; aber dann ist er eines Abends mit uns in einen Pornofilm gegangen, und stell dir vor, da *war* er, *auf* der Leinwand. Als wir dann wieder nach Key West kamen, war Mag natürlich überzeugt, dass ich die ganze Zeit mit José geschlafen habe. Rusty auch, aber dem macht das nichts aus, der will nur die Einzelheiten hören. Die Situation war ziemlich angespannt, bis ich mich mit Mag ausgesprochen habe.«

Wir befanden uns im Wohnzimmer, wo, obwohl es fast schon März war, der riesige Weihnachtsbaum, inzwischen braun und geruchlos, seine Luftballons eingeschrumpelt wie die Euter einer alten Kuh, immer noch den größten Teil des Raumes einnahm. Ein als Möbelstück erkennbarer Gegenstand hatte sich in dem Zimmer eingefunden: ein Feldbett; und Holly, die bemüht war, ihr tropisches Aussehen zu bewahren, hatte sich unter einer Höhensonne darauf ausgestreckt.

»Und du hast sie überzeugt?«

»Dass ich nicht mit José geschlafen habe? Ja, klar. Ich hab ihr einfach gesagt – aber weißt du: ich hab mich angestrengt, dass es klang wie ein verzweifeltes Geständnis – ihr einfach gesagt, dass ich andersrum bin.«

»Das kann sie unmöglich geglaubt haben.«

»Und ob sie das geglaubt hat. Was meinst du wohl, warum sie losgezogen ist und sich dieses Feldbett besorgt hat? Eins musst du mir lassen: ich bin immer für eine Überraschung gut. Sei ein Schatz, Herzchen, und reib mir den Rücken mit Sonnenöl ein.« Während ich ihrer Bitte nachkam, sagte sie: »O. J. Berman ist in der Stadt, und hör zu, ich hab ihm deine Geschichte in der Zeitschrift gegeben. Er war ziemlich beeindruckt. Er meint, vielleicht lohnt es sich, dir zu helfen. Aber er sagt, du bist auf dem Holzweg. Schwarze und kleine Kinder: wen kümmert das?«

»Mr. Berman offenbar nicht.«

»Und ich bin ganz seiner Meinung. Ich hab die Geschichte zweimal gelesen. Kleine Gören und Nigger. Zitternde Blätter. *Beschreibungen*. Das *bedeutet* einem nichts.«

Meine Hand, die Öl auf ihrer Haut verteilte, schien ein Eigenleben zu besitzen: Sie sehnte sich danach, sich zu heben und mit Wucht auf ihrem Hintern zu landen. »Gib mir ein Beispiel«, sagte ich leise. »Von etwas, das was bedeutet. Deiner Meinung nach.«

»*Stürmische Höhen*«, sagte sie, ohne zu zögern.

Der Drang in meiner Hand geriet langsam außer Kontrolle. »Aber das ist kein Vergleich. Du redest von einem Geniestreich.«

»Ja, nicht? *Meine wilde, süße Cathy.* Mein Gott, ich hab geheult wie ein Schlosshund. Ich hab ihn zehnmal gesehen.«

»Ach«, sagte ich mit deutlicher Erleichterung, »ach«, mit ironisch ansteigender Stimme, »den *Film.*«

Ihre Muskeln verhärteten sich, sie fühlte sich an wie von der Sonne erwärmter Stein. »Jeder muss sich irgendwem überlegen fühlen«, sagte sie. »Aber es ist üblich, einen kleinen Beweis dafür zu erbringen, bevor man sich das Recht dazu herausnimmt.«

»Ich vergleiche mich nicht mit dir. Oder mit Berman. Deshalb kann ich mich nicht überlegen fühlen. Wir wollen verschiedene Dinge.«

»Willst du Geld verdienen?«

»So weit geht meine Planung nicht.«

»So hören sich deine Geschichten auch an. Als hättest du sie geschrieben, ohne das Ende zu kennen. Ich will dir mal was sagen: du solltest lieber Geld verdienen. Du hast eine teure Phantasie. Nicht viele Menschen werden dir Vogelkäfige kaufen.«

»Tut mir leid.«

»Es wird dir leid tun, wenn du mich schlägst. Das wolltest du doch vorhin tun: ich hab's an deiner Hand gespürt; und jetzt willst du's auch.«

Ja, das wollte ich, sehr; meine Hand, mein Herz zitterten, als ich die Ölflasche wieder zuschraubte. »Oh nein, das würde mir nicht leid tun. Ich bedaure nur, dass du dein Geld an mich verschwendet hast: Rusty Trawler ist eine zu schwere Art, es zu verdienen.«

Sie setzte sich vom Feldbett auf, ihr Gesicht, ihre nackten Brüste waren in dem Höhensonnenlicht von kaltem

Blau. »Man braucht ungefähr vier Sekunden, um von hier zur Tür zu gehen. Dir gebe ich zwei.«

Ich marschierte schnurstracks nach oben, holte den Vogelkäfig, brachte ihn hinunter und ließ ihn vor ihrer Wohnungstür stehen. Das war das. Dachte ich jedenfalls, bis ich am nächsten Morgen auf dem Weg zur Arbeit den Käfig auf einer Mülltonne hocken sah, die am Rande des Bürgersteigs die Müllabfuhr erwartete. Ziemlich kleinlaut rettete ich ihn und trug ihn in mein Zimmer zurück, eine Kapitulation, die nichts an meiner Entschlossenheit änderte, Holly Golightly gänzlich aus meinem Leben zu verbannen. Sie war, entschied ich, »eine ungebildete Angeberin, die ihr Leben vergeudete, eine Blenderin mit nichts dahinter«: jemand, an den ich nie wieder das Wort richten würde.

Und ich tat es auch nicht. Jedenfalls eine ganze Weile lang. Auf der Treppe gingen wir gesenkten Blickes aneinander vorbei. Wenn sie zu Joe Bell hereinkam, ging ich hinaus. Eines Tages ließ Madame Sapphia Spanella, die Koloratursängerin und Rollschuhenthusiastin, unter den übrigen Mietern des Sandsteinhauses eine Unterschriftenliste herumgehen mit der Bitte, sie darin zu unterstützen, dass Miss Golightly des Hauses verwiesen wurde: sie öffne, so Madame Spanella, der Unmoral Tür und Tor und sei die Veranstalterin geselliger Zusammenkünfte, die sich über die ganze Nacht hinzögen und die Sicherheit sowie die geistige Gesundheit der Nachbarn stark beeinträchtigten. Obwohl ich es ablehnte, zu unterschreiben, war ich im Stillen der Meinung, dass Madame Spanella allen Grund zur Klage hatte. Aber ihre Beschwerde blieb erfolglos, und als der April auf den Mai zuging, drangen durch die offenen Fenster der warmen Frühlingsnächte die Partygeräusche, die lauten Grammophonklänge und das Martinigelächter aus Wg. 2.

Es war nichts Neues, dass zu Hollys Besuchern auch verdächtige Subjekte zählten, ganz im Gegenteil; aber eines Tages, spät in jenem Frühjahr, fiel mir, als ich durchs Vestibül des Sandsteinhauses ging, ein *sehr* ausgefallener Mann auf, der ihren Briefkasten untersuchte. Jemand Anfang fünfzig mit hartem, wettergegerbtem Gesicht und grauen, trostlosen Augen. Er trug einen alten, schweißfleckigen grauen Hut, und sein billiger Sommeranzug in hellem Blau hing ihm zu weit um die hageren, schlaksigen Glieder; seine Schuhe waren braun und nagelneu. Er zeigte keinerlei Absicht, bei Holly zu klingeln. Langsam, als lese er Blindenschrift, fuhr er immer wieder mit dem Finger über die erhaben geprägten Buchstaben ihres Namens.

Am selben Abend, auf dem Weg zum Essen, sah ich den Mann wieder. Er stand auf der anderen Straßenseite, lehnte an einem Baum und starrte zu Hollys Fenstern hoch. Finstere Vermutungen schossen mir durch den Kopf. War er von der Kriminalpolizei? Oder ein Mafioso, auf sie angesetzt wegen ihres Sing-Sing-Freundes Sally Tomato? Meine zärtlicheren Gefühle für Holly wurden von der Situation wiederbelebt; es war nur anständig, unsere Fehde lange genug zu unterbrechen, um sie zu warnen und ihr zu sagen, dass sie überwacht wurde. Als ich zur Ecke ging und mich nach Osten wandte, zu dem

Hamburger-Himmel Ecke Seventy-ninth und Madison, spürte ich die Aufmerksamkeit des Mannes auf mir ruhen. Dann, ohne mich umzudrehen, wusste ich, dass er mir folgte. Denn ich konnte ihn pfeifen hören. Nicht irgendein Lied, sondern die wehmütige Präriemelodie, die Holly manchmal auf der Gitarre spielte: *Will nimmer schlafen, Will nimmer sterben, Will immer nur wandern durch des Himmels grüne Auen.* Das Pfeifen ging weiter über die Park Avenue und die Madison hinauf. Einmal, als ich an einer Ampel auf Grün wartete, beobachtete ich aus dem Augenwinkel, wie er sich bückte, um einen räudigen Spitz zu streicheln. »Schönes Tier haben Sie da«, sagte er zu dem Besitzer in heiserer, ländlicher Sprechweise.

Der Hamburger-Himmel war leer. Trotzdem setzte er sich an dem langen Tresen direkt neben mich. Er roch nach Tabak und Schweiß. Er bestellte sich eine Tasse Kaffee, aber als sie kam, rührte er sie nicht an. Stattdessen kaute er auf einem Zahnstocher herum und musterte mich in dem Wandspiegel vor uns.

»Entschuldigen Sie«, sagte ich zu seinem Spiegelbild, »aber was wollen Sie?«

Die Frage brachte ihn nicht in Verlegenheit; er schien erleichtert zu sein, dass sie endlich gestellt worden war. »Sohn«, sagte er, »ich brauche einen Freund.«

Er holte eine Brieftasche hervor. Sie war so abgenutzt wie seine ledrigen Hände und zerfiel schon fast; ebenso wie das brüchige, rissige, unscharfe Photo, das er mir gab. Sieben Personen waren auf dem Bild, alle auf der einsackenden Veranda eines kahlen Holzhauses gruppiert und alles Kinder, bis auf den Mann selbst, der hatte den Arm

um die Hüfte eines pummeligen, blonden kleinen Mädchens gelegt, das mit der Hand die Augen gegen die
Sonne abschirmte.

»Das bin ich«, sagte er und zeigte auf sich selbst. »Das
ist sie ...«, er tippte auf das pummelige Mädchen. »Und
das hier«, fügte er hinzu und zeigte auf eine flachshaarige
Bohnenstange, »das ist ihr Bruder Fred.«

Ich betrachtete wieder »sie«: Ja, doch, jetzt sah ich es,
eine rudimentäre Ähnlichkeit zwischen Holly und dem
blinzelnden, pausbäckigen Kind. Im selben Augenblick
wurde mir klar, wer der Mann sein musste.

»Sie sind Hollys *Vater*.«

Er zwinkerte, er runzelte die Stirn. »Sie heißt nicht
Holly. Sie war mal Lulamae Barnes. War«, sagte er und
verlagerte den Zahnstocher in seinem Mund, »bis sie
mich geheiratet hat. Ich bin ihr Mann. Doc Golightly. Ich
bin Pferdedoktor, Tierarzt. Hab auch eine kleine Farm.
Bei Tulip in Texas. Sohn, warum lachen Sie?«

Es war kein richtiges Gelächter: es waren die Nerven.
Ich trank ein wenig Wasser und verschluckte mich; er
klopfte mir auf den Rücken. »Das ist nicht zum Lachen,
Sohn. Ich bin ein müder Mann. Seit fünf Jahren such ich
meine Frau. Als ich den Brief von Fred bekam, in dem
stand, wo sie ist, hab ich mir eine Busfahrkarte gekauft.
Lulamae gehört nach Hause zu ihrm Mann und ihrn Kinners.«

»Ihren Kindern?«

»*Das* sind ihre Kinners«, sagte er und schrie fast. Er
meinte die vier übrigen jungen Gesichter auf dem Bild,
zwei barfüßige Mädchen und zwei Jungs in Overalls. Der

Mann war natürlich geistig verwirrt. »Aber Holly kann nicht die Mutter dieser Kinder sein. Die sind ja älter als sie. Und größer.«

»Nun, Sohn«, sagte er mit vernünftiger Stimme, »ich habe nicht behauptet, dass es ihre leiblichen Kinners sind. Deren eigne heißgeliebte Mutter, meine heißgeliebte Frau, Jesus sei ihrer Seele gnädig, die entschlief am 4. Juli, dem Unabhängigkeitstag, 1936. Das Jahr der Dürre. Als ich Lulamae geheiratet hab, das war im Dezember 1938, da ging sie auf die vierzehn zu. Vielleicht weiß ein normales Mädel mit vierzehn noch nicht so recht, was sie will. Aber bei Lulamae war das anders, die war außergewöhnlich. Die wusste sehr wohl, was sie tat, als sie versprochen hat, meine Frau zu sein und die Mutter meiner Kinners. Sie hat uns allen das Herz gebrochen, als sie einfach so auf und davon ist.« Er trank einen Schluck von seinem kalten Kaffee und blickte mich mit forschendem Ernst an. »Nun, Sohn, zweifeln Sie noch an meinen Worten? Glauben Sie, es ist so, wie ich sage?«

Ich glaubte ihm. Es war zu unwahrscheinlich, um nicht den Tatsachen zu entsprechen; außerdem passte es genau zu O. J. Bermans Beschreibung von der Holly, die ihm anfangs in Kalifornien begegnet war: »Man weiß einfach nicht, ob sie vom platten Land kommt oder aus Oklahoma oder von sonstwo.« Man konnte Berman keinen Vorwurf daraus machen, nicht erraten zu haben, dass sie eine Kindfrau aus Tulip in Texas war.

»Hat uns allen das Herz gebrochen, als sie einfach auf und davon ist«, wiederholte der Pferdedoktor. »Dabei hatte sie keinen Grund dazu. Die Hausarbeit, die haben ihre

Töchter getan. Lulamae konnte sich einen schönen Tag machen: vorm Spiegel posieren und sich die Haare waschen. Unsre eignen Kühe, unsren eignen Garten, Hühner, Schweine: Sohn, diese Frau ist richtig dick geworden. Derweil ihr Bruder sich zu einem Riesen ausgewachsen hat. Was eine ganze Ecke anders war, als sie zu uns kamen. Nellie war's, meine Älteste, Nellie war's, die sie ins Haus gebracht hat. Die ist eines Morgens zu mir gekommen und hat gesagt: ›Papa, ich hab zwei kleine Wilde in die Küche gesperrt. Ich hab sie draußen erwischt, wie sie Milch und Puteneier gestohlen haben.‹ Das waren Lulamae und Fred. So was Jämmerliches hat noch keiner gesehn. Rippen, die überall rausstehen, Beine wie Streichhölzer und Zähne so wacklig, dass sie nicht mal Brei kauen können. Was war: ihre Mutter ist an TB gestorben, der Vater auch – und alle Kinners, eine ganze Rotte, sind zu verschiednen üblen Leuten gesteckt worden. Lulamae und ihr Bruder, die haben bei üblen, nichtsnutzigen Leuten hundert Meilen westlich von Tulip gelebt. Sie hatte gute Gründe, aus diesem Haus wegzulaufen. Sie hatte keinen, meins zu verlassen. Das war ihr Zuhause.« Er stützte die Ellbogen auf den Tresen, drückte die Fingerspitzen auf die geschlossenen Augen und seufzte. »Sie ist aufgegangen wie Hefeteig und hat sich zu einer richtig hübschen Frau entwickelt. Auch lebhaft. Gesprächig wie eine Schnatterente. Mit was Klugem zu sagen zu jedem Thema: besser als das Radio. Als Erstes jeden Morgen geh ich raus und pflücke Blumen. Ich hab für sie eine Krähe gezähmt und der beigebracht, ihren Namen zu sagen. Ich hab ihr das Gitarrespielen gezeigt. Sie nur anzusehen, hat mir Tränen in die Augen getrieben. An dem Abend, als ich ihr einen Heiratsantrag gemacht habe, da hab ich geweint wie ein kleines Kind. Sie hat gesagt: ›Aber was weinst du denn so, Doc? Ich bin noch nie verheiratet gewesen.‹ Na, ich musste lachen und hab sie gedrückt und geherzt: *noch nie verheiratet gewesen!*« Er kicherte und kaute kurz auf seinem Zahnstocher. »Erzählen Sie mir ja nicht, dass diese Frau nicht glücklich gewesen ist!«, sagte er herausfordernd. »Wir alle haben sie abgöttisch geliebt. Sie brauchte nicht den kleinen Finger krumm zu machen, außer um ein Stück Kuchen zu essen. Oder sich die Haare zu kämmen und sich alle diese Illustrierten kommen zu lassen. Wir müssen für hunnert Dollars Illustrierte im Haus gehabt haben. Wenn Sie mich fragen, die sind dran schuld. Die pompösen Photos, die sie gesehen hat. Die Träume, von denen sie gelesen hat. Das hat sie dann angestiftet, die Straße runterzulaufen. Jeden Tag ist sie ein bisschen weiter gegangen: eine Meile, und nach Hause gekommen. Zwei Meilen, und nach Hause gekommen. Eines Tages ist sie einfach weitergelaufen.« Er legte wieder die Hand über die Augen, sein Atem ging rauh. »Die Krähe, die ich ihr geschenkt hab, ist wild geworden und davongeflogen. Den ganzen Sommer lang hab ich sie gehört. Im Hof. Im Garten. Im Wald. Den ganzen Sommer lang hat der verdammte Vogel gerufen: Lulamae, Lulamae.«

Er blieb vornübergebeugt und schwieg, als lauschte er den Lauten jenes lange vergangenen Sommers. Ich brachte der Kassiererin unsere Rechnungen. Während ich bezahlte, kam er zu mir. Wir verließen zusammen das Lokal und liefen hinüber zur Park Avenue. Es war ein kühler, windiger Abend; elegante Markisen flatterten in der Brise. Das Schweigen zwischen uns ging weiter, bis ich sagte: »Aber was ist mit ihrem Bruder? Er ist nicht fortgegangen?«

»Nein, Sir«, sagte er und räusperte sich. »Fred war bei uns, bis die Armee ihn geholt hat. Ein guter Junge. Gut mit Pferden. Er konnte sich nicht erklären, was in Lulamae gefahren ist. Wieso sie ihren Bruder und ihren Mann und ihre Kinners verlassen hat. Aber seit Fred bei der Armee ist, hat er wieder was von ihr gehört. Neulich hat er mir ihre Adresse geschrieben. Also bin ich hergekommen, um sie zu holen. Ich weiß, ihr tut leid, was sie getan hat. Ich weiß, sie will nach Hause.« Er schien mich zu fragen, ob ich auch so dächte. Ich sagte ihm, meiner Meinung nach werde er Holly oder Lulamae etwas verändert finden. »Hören Sie, Sohn«, sagte er, als wir die Vortreppe des Sandsteinhauses erreichten. »Ich hab Ihnen gesagt, ich brauche einen Freund. Denn ich will sie nicht überraschen. Sie nicht erschrecken. Deswegen hab ich mich zurückgehalten. Seien Sie mein Freund: sagen Sie ihr, dass ich hier bin.«

Die Vorstellung, Mrs. Golightly mit ihrem Ehemann bekannt zu machen, hatte ihre ergötzlichen Aspekte; und als ich über mir ihre erleuchteten Fenster sah, hoffte ich, ihre Freunde würden da sein, denn die Aussicht, zu beobachten, wie der Texaner Mag und Rusty und José die Hand schüttelte, war noch ergötzlicher. Aber als ich die stolzen, ernsten Augen von Doc Golightly und seinen schweißfleckigen Hut sah, schämte ich mich meiner Vorfreude. Er folgte mir ins Haus und bereitete sich darauf vor, am Fuß der Treppe zu warten. »Seh ich ordentlich aus?«, flüsterte er, staubte sich die Ärmel ab und zog seine Krawatte fest.

Holly war allein. Sie öffnete sofort die Tür; denn sie wollte gerade ausgehen – weiße Satintanzpumps und Parfümwolken kündeten von festlichen Absichten. »Ach, du Idiot«, sagte sie und schlug spielerisch mit ihrer Handtasche nach mir. »Ich hab's viel zu eilig, um mich jetzt zu versöhnen. Wir rauchen die Friedenspfeife morgen, einverstanden?«

»Sicher, Lulamae. Wenn du morgen noch hier bist.«

Sie nahm ihre Sonnenbrille ab und blinzelte mich an. Es war, als seien ihre Augen zerschmetterte Prismen, die braunen und grauen und grünen Punkte wie Diamantensplitter. »*Er* hat dir das erzählt«, sagte sie mit leiser, zittriger Stimme. »Ach, bitte. Wo ist er?« Sie rannte an mir vorbei in den Flur. »Fred!«, rief sie die Treppe hinunter. »Fred! Wo bist du, Liebling?«

Ich hörte Doc Golightlys Schritte die Treppe heraufkommen. Sein Kopf tauchte über dem Geländer auf, und Holly wich vor ihm zurück, nicht, als habe sie Angst, sondern als ziehe sie sich in ein Schneckenhaus der Enttäuschung zurück. Dann stand er vor ihr, schüchtern und mit hängenden Ohren. »Meine Güte, Lulamae«, begann er und zögerte, denn sie starrte ihn leer an, als könne sie ihn nicht unterbringen. »Mensch, Kleines«, sagte er, »geben sie dir hier nichts zu essen? Du bist ja nur Haut und Knochen. Wie damals, als ich dich zum ersten Mal gesehn hab. Ganz verstört um die Augen.«

Holly berührte sein Gesicht; ihre Finger erprobten die Wirklichkeit seines Kinns, seine Bartstoppeln. »Hallo,

Doc«, sagte sie sanft und küsste ihn auf die Wange. »Hallo, Doc«, wiederholte sie glücklich, als er sie in einer rippenbrechenden Umarmung von den Füßen hob. Jauchzer erleichterten Gelächters schüttelten ihn. »Meine Güte, Lulamae. Das Himmelreich.«

Beide nahmen keine Notiz von mir, als ich mich an ihnen vorbeidrückte und zu meinem Zimmer hinaufging. Auch Madame Sapphia Spanella schienen sie nicht zu bemerken, die ihre Tür aufriss und schrie: »Ruhe! Eine Schande. Gehen Sie woanders anschaffen.«

»*Scheiden* lassen? Natürlich hab ich mich nie von ihm scheiden lassen. Mein Gott, ich war doch erst vierzehn. Das *kann* nicht rechtsgültig gewesen sein.« Holly klopfte an ein leeres Martiniglas. »Noch zwei, liebster Mr. Bell.«

Joe Bell, in dessen Bar wir saßen, nahm die Bestellung widerstrebend auf. »Ihr macht ja ganz schön früh ein Fass auf«, beschwerte er sich und biss knirschend auf einen Tums. Es war noch nicht Mittag, laut der schwarzen Mahagoniuhr hinter der Bar, und er hatte uns schon drei Runden serviert.

»Aber es ist Sonntag, Mr. Bell. Am Sonntag gehen die Uhren langsamer. Außerdem bin ich noch gar nicht im Bett gewesen«, sagte sie zu ihm und vertraute mir an: »Jedenfalls nicht, um zu schlafen.« Sie wurde rot und wandte schuldbewusst den Blick ab. Zum ersten Mal, seit ich sie kannte, schien sie das Bedürfnis zu spüren, sich zu rechtfertigen: »Na ja, ich musste. Doc liebt mich wirklich, weißt du. Und ich liebe ihn auch. Für dich hat er vielleicht alt und heruntergekommen ausgesehen. Aber du weißt nicht, wie liebevoll er ist, welches Vertrauen er Vögeln und kleinen Kindern und solchen empfindlichen Geschöpfen geben kann. Und jemandem, der einem je Selbstvertrauen gegeben hat, dem schuldet man viel. Ich habe Doc immer in meine Gebete eingeschlossen. Hör bitte auf, so dreckig zu grinsen!«, forderte sie und drückte heftig ihre Zigarette aus. »Ja, ich bete tatsächlich.«

»Ich grinse nicht dreckig. Ich lächle. Du bist eine höchst erstaunliche Person.«

»Kann schon sein«, sagte sie, und ihr Gesicht, bleich und ziemlich verquollen im Morgenlicht, hellte sich auf; sie glättete ihre zerzausten Haare, deren Farben schimmerten wie eine Haarwaschmittelreklame. »Ich muss übel aussehen. Aber wer würde das nicht? Wir haben den Rest der Nacht damit zugebracht, uns auf einem Busbahnhof herumzudrücken. Doc hat gedacht, ich würde mit ihm mitfahren. Obwohl ich ihm immer wieder gesagt habe: Aber, Doc, ich bin keine vierzehn mehr, und ich bin nicht Lulamae. Aber das Schreckliche daran ist (und das ist mir klar geworden, als wir da herumstanden), ich bin's. Ich stehle immer noch Puteneier und renne durch Dornengestrüpp. Bloß jetzt nenne ich's das rote Elend.«

Joe Bell stellte verächtlich die frischen Martinis vor uns hin.

»Verlieben Sie sich nie in ein wildes Geschöpf, Mr. Bell«, riet Holly ihm. »Das war Docs Fehler. Er hat immer wilde Geschöpfe nach Hause geschleppt. Einen Habicht mit einem verletzten Flügel. Einmal einen ausgewachsenen Rotluchs mit einem gebrochenen Bein. Aber man darf sein Herz nicht an wilde Geschöpfe verlieren: je mehr man es tut, desto stärker werden sie. Bis sie stark genug sind, in den Wald zu laufen. Oder auf einen Baum zu fliegen. Dann auf einen höheren Baum. Dann in den Himmel. So werden Sie enden, Mr. Bell. Wenn Sie nicht aufpassen und sich in ein wildes Geschöpf verlieben. Am Ende stehen Sie da und schauen in den Himmel.«

»Sie ist betrunken«, informierte mich Joe Bell.

»Halbwegs«, gestand Holly. »Aber Doc hat gewusst, was ich meine. Ich habe es ihm ganz sorgfältig erklärt, und das war etwas, das er verstehen konnte. Wir haben uns die Hand gegeben und uns in die Arme genommen, und er hat mir viel Glück gewünscht.« Sie sah auf die Uhr. »Inzwischen muss er schon in den Blue Mountains sein.«

»Wovon redet sie eigentlich?«, erkundigte sich Joe Bell bei mir.

Holly erhob ihren Martini. »Lass uns dem Doc auch viel Glück wünschen«, sagte sie und stieß ihr Glas an meines. »Viel Glück: und glaub mir, liebster Doc – es ist besser, in den Himmel zu schauen, als dort zu leben. Solch ein leerer Ort; so trüb. Bloß ein Land, wo der Donner grollt und Dinge verschwinden.«

TRAWLER HEIRATET VIERTE. Ich war in der U-Bahn irgendwo in Brooklyn, als ich die Schlagzeile sah. Die Zeitung mit dieser Balkenüberschrift gehörte einem anderen Fahrgast. Der einzige Teil des Artikels, den ich lesen konnte, lautete: *Rutherfurd »Rusty« Trawler, der steinreiche Dandy, dem oft vorgeworfen wird, mit den Nazis zu sympathisieren, ist gestern nach Greenwich durchgebrannt, um die schöne …* Nicht, dass ich weiterlesen mochte. Holly hatte ihn geheiratet: so, so. Ich wünschte, ich läge unter den Rädern des Zuges. Aber das hatte ich mir schon gewünscht, bevor ich die Schlagzeile entdeckte. Aus einem ganzen Kopfvoll von Gründen. Ich hatte Holly seit unserem betrunkenen Sonntag in Joe Bells Bar eigentlich nicht mehr gesehen. Die dazwischenliegenden Wochen hatten mir meinen eigenen Fall von rotem Elend beschert. Zum einen war ich gefeuert worden, hatte verdientermaßen und wegen eines komischen Vergehens, zu kompliziert, um es hier zu erzählen, meine Arbeit verloren. Außerdem zeigte meine Wehrdienstbehörde ein ungemütliches Interesse an mir, und da ich erst vor kurzem der Reglementierung einer Kleinstadt entronnen war, brachte mich der Gedanke, erneut einer Form disziplinierten Lebens unterworfen zu sein, zur Verzweiflung. Eingeengt von meiner möglichen Einberufung einerseits und meinem Mangel an Berufserfahrung andererseits, schien es unmöglich, wieder Arbeit zu finden. Das brachte mich nämlich in eine U-Bahn in Brooklyn; ich kehrte zurück von einem entmutigenden Bewerbungsgespräch mit einem Redakteur der inzwischen eingegangenen Abendzeitung *PM*. All das, zusammen mit der Großstadthitze des Sommers, hatte mich in einen Zustand nervlicher Apathie versetzt. Daher meinte ich es mehr als nur halb ernst, als ich wünschte, ich läge unter den Rädern des Zuges. Die Schlagzeile verstärkte meinen Wunsch ins Dringliche. Wenn Holly diesen »grotesken Embryo« heiraten konnte, dann mochten die endlosen Marschkolonnen des Unrechts auf dieser Welt ruhig über mich hinwegtrampeln. Oder, und die Frage liegt nahe, beruhte meine Empörung ein wenig darauf, dass ich selbst in Holly verliebt war? Ein wenig. Denn ich *war* in sie verliebt. So, wie ich früher einmal in die nicht mehr ganz junge farbige Köchin meiner Mutter verliebt war und in den Briefträger, der mich auf seine Runden mitnahm, und in eine ganze Familie namens McKendrick. Auch diese Art von Liebe erzeugt Eifersucht.

Als ich auf meinem Bahnhof angekommen war, kaufte ich eine Zeitung; und entdeckte, jenen Satz zu Ende lesend, wer Rustys Angetraute war: *um die schöne, von vielen Titelseiten her bekannte, aus den Bergen von Arkansas stammende Miss Margaret Thatcher Fitzhue Wildwood zu ehelichen.* Mag! Meine Knie wurden vor Erleichterung so weich, dass ich mir für den Rest des Heimweges ein Taxi nahm.

Madame Sapphia Spanella begegnete mir händeringend mit weit aufgerissenen Augen im Vestibül. »Laufen Sie«, sagte sie. »Die Polizei holen. Sie ermordet jemanden! Jemand ermordet sie!«

Es hörte sich ganz danach an. Als seien in Hollys Wohnung die Tiger los. Ein Tumult zerbrechenden Glases, zerreißender Papiere, zu Boden fallender Gegenstände und umstürzender Möbel. Aber in all dem Getöse waren keine streitenden Stimmen zu hören, was mir unnatürlich vorkam. »Laufen Sie«, kreischte Madame Spanella und stieß mich. »Sagen Sie der Polizei, Mord und Totschlag.«

Ich lief; aber nur nach oben bis zu Hollys Tür. Ich hämmerte dagegen und erzielte zumindest ein Ergebnis: der Lärm legte sich. Hörte völlig auf. Aber meine Bitten, hineingelassen zu werden, blieben unbeantwortet, und meine Anstrengungen, die Tür aufzubrechen, führten lediglich zu einer geprellten Schulter. Dann hörte ich unten Madame Spanella einem Neuankömmling befehlen, die Polizei zu holen. »Halten Sie den Mund«, wurde ihr gesagt, »und gehen Sie mir aus dem Weg.«

Es war José Ybarra-Jaegar. Er sah ganz und gar nicht wie der elegante brasilianische Diplomat aus; sondern verschwitzt und angsterfüllt. Er gebot auch mir, aus dem Weg zu gehen. Und schloss mit seinem Schlüssel die Tür auf. »Hier herein, Dr. Goldman«, sagte er und winkte einem Mann, der ihn begleitete.

Da niemand mich daran hinderte, folgte ich ihnen in die Wohnung, die ein einziges Trümmerfeld war. Endlich war der Weihnachtsbaum entblößt worden, und zwar buchstäblich: seine braunen, kahlen Zweige spießten in einem Durcheinander aus zerrissenen Büchern, zerbrochenen Lampen und Grammophonplatten. Sogar der Eisschrank war geleert und sein Inhalt durchs Zimmer geschleudert worden: rohe Eier glitten an den Wänden herab, und inmitten der Trümmer schleckte Hollys namenloser Kater ruhig an einer Milchpfütze.

Im Schlafzimmer verursachte mir der Geruch zertrümmerter Parfümflaschen Brechreiz. Ich trat auf Hollys Sonnenbrille, sie lag auf dem Fußboden, die Gläser schon zersplittert, der Rahmen entzwei.

Vielleicht lag es daran, dass Holly, eine starre Gestalt auf dem Bett, José so blind anstarrte und den Arzt nicht zu sehen schien, der ihr den Puls fühlte und säuselte: »Sie sind eine müde junge Dame. Ganz müde. Sie möchten sich schlafen legen, nicht wahr? Schlafen.«

Holly rieb sich die Stirn und hinterließ einen Blutfleck von einer Schnittwunde am Finger. »Schlafen«, sagte sie und jammerte wie ein erschöpftes, quengeliges Kind. »Er ist der Einzige, bei dem ich's je durfte. Mich in kalten Nächten ankuscheln. Ich hab ein Stück Land in Mexiko gesehen. Mit Pferden. Am Meer.«

»Mit Pferden am Meer«, sang der Arzt sie in den Schlaf und wählte aus seiner schwarzen Tasche eine Spritze.

José wandte das Gesicht ab, blass vom Anblick der Nadel. »Ihre Krankheit ist nur Trauer?«, fragte er, wobei sein mühsames Englisch der Frage eine unabsichtliche Ironie verlieh. »Sie trauert nur?«

»Hat doch gar nicht weh getan, nicht wahr?«, erkundigte sich der Arzt und tupfte selbstgefällig Hollys Arm mit einem Stückchen Watte ab.

Sie kam ein wenig zu sich, genug, um den Arzt anzuschauen. »*Alles* tut weh. Wo ist meine Brille?« Aber sie brauchte sie nicht. Ihre Augen fielen von selber zu.

»Sie trauert nur?«, beharrte José.

»Bitte, Sir«, erwiderte der Arzt kurz angebunden, »lassen Sie mich mit der Patientin allein.«

José zog sich ins Wohnzimmer zurück, wo er seine üble Laune an der auf Zehenspitzen herumschnüffelnden Madame Spanella ausließ. »Fassen Sie mich nicht an! Ich hole die Polizei«, drohte sie, als er sie mit portugiesischen Flüchen zur Tür hinaus peitschte.

Er zog in Erwägung, auch mich hinauszuwerfen; wenigstens entnahm ich das seinem Gesichtsausdruck. Doch dann lud er mich auf einen Drink ein. Die einzige heile Flasche, die wir finden konnten, enthielt trockenen Wermut. »Ich habe Sorge«, vertraute er mir an. »Ich habe Sorge, das kann Skandal auslösen. Sie zertrümmert alles. Führt sich auf wie wahnsinnig. Ich darf keinen öffentlichen Skandal haben. Das ist zu heikel: mein Name, meine Arbeit.«

Es schien ihn zu erleichtern, dass ich keinen Grund für einen »Skandal« sah; die eigenen Habseligkeiten zu demolieren ist schließlich eine Privatangelegenheit.

»Es ist nur eine Frage der Trauer«, erklärte er fest. »Als der Kummer kam, erst wirft sie Glas mit Schnaps. Die Flasche. Die Bücher. Eine Lampe. Dann ich kriege Angst. Ich eile einen Arzt holen.«

»Aber warum?«, wollte ich wissen. »Warum bekommt sie wegen Rusty einen Anfall? Ich an ihrer Stelle würde feiern.«

»Rusty?«

Ich hatte die Zeitung noch bei mir und zeigte ihm die Schlagzeile.

»Ach, das.« Er grinste ziemlich verächtlich. »Sie tun uns großen Gefallen, Rusty und Mag. Wir lachen darüber: wie sie denken, sie brechen uns das Herz, wenn wir die ganze Zeit *wollen*, dass sie durchbrennen. Ich versichere Ihnen: wir haben gerade gelacht, als der Kummer kam.« Seine Blicke eilten suchend über den Wust auf dem Fußboden; er hob ein zusammengeknülltes gelbes Papier auf. »Das«, sagte er.

Es war ein Telegramm aus Tulip, Texas: *Erhielt Nachricht Fred in Übersee gefallen stop dein Mann und deine Kinder beklagen mit dir gemeinsamen Verlust stop Brief folgt stop in Liebe Doc.*

Holly sprach nie wieder von ihrem Bruder: nur noch ein einziges Mal. Außerdem hörte sie auf, mich Fred zu nennen. Juni, Juli, all die warmen Monate hindurch hielt sie Winterschlaf wie ein Tier, das nicht gemerkt hatte, dass der Frühling kam und ging. Ihre Haare wurden dunkler, sie nahm zu. Sie kleidete sich ziemlich nachlässig: den Lebensmittelladen suchte sie im Regenmantel auf, ohne etwas darunter. José zog in die Wohnung ein, sein Name ersetzte den von Mag Wildwood auf dem Briefkasten. Trotzdem war sie ziemlich oft allein, denn José blieb an drei Tagen der Woche in Washington. Während seiner Abwesenheit empfing sie niemanden und verließ selten die Wohnung – außer donnerstags, wenn sie ihre wöchentliche Fahrt nach Ossining unternahm.

Was nicht heißen soll, dass sie das Interesse am Leben verloren hatte, im Gegenteil, sie schien zufriedener, im Ganzen glücklicher zu sein, als ich sie je gesehen hatte. Eine heftige, plötzliche, un-Holly-hafte Begeisterung fürs Häusliche führte zu mehreren un-Holly-haften Anschaffungen: auf einer Parke-Bernet-Auktion erwarb sie einen Jagdgobelin mit einem röhrenden Hirsch sowie, aus dem Besitz von William Randolph Hearst, zwei unbequeme, düstere gotische Lehnstühle; sie kaufte die komplette Reihe der Modern Library, ganze Borde voll klassischer Schallplatten, unzählige Reproduktionen aus dem Metropolitan Museum (darunter eine chinesische Skulptur einer Katze, die ihr eigener Kater hasste und anfauchte und schließlich zerbrach), einen Waring-Küchenmixer und einen Dampfkochtopf sowie eine Bibliothek von Kochbüchern. Sie verbrachte ganze Hausfrauennachmittage damit, in ihrer winzigen Schwitzkasten-Küche herumzumanschen: »José sagt, ich koche besser als das Colony. Wer hätte sich je träumen lassen, dass ich ein so großes Naturtalent bin? Vor einem Monat hab ich noch nicht mal Rühreier zustande gebracht.« Was sich übrigens nicht geändert hatte. Einfache Gerichte, ein Steak, ein ordentlicher Salat, überforderten sie. Stattdessen labte sie José und manchmal auch mich mit ausgefallenen Suppen (Cognac-geschwängerte Schildkrötenbouillon, serviert in Avocado-Schalen), Rezepten aus Neros Zeiten (gebratener Fasan, gefüllt mit Feigen und Datteln) und anderen zweifelhaften Zusammenstellungen (Hühnchen und Safranreis mit Schokoladensoße: »In Südostasien Tradition, das *weiß* man doch«). Die kriegsbedingte Rationierung von Zucker und Sahne erlegte ihrer Phantasie Beschränkungen auf, wenn es an die Süßspeisen ging – trotzdem kreierte sie einmal etwas namens Tabak Tapioka: am besten bleibt es unbeschrieben.

Ebenso wie ihre Bemühungen, das Portugiesische zu meistern, ein Martyrium, das für mich genauso nervtötend war wie für sie, denn wann immer ich sie besuchte, kreisten unaufhörlich Linguaphon-Schallplatten auf dem Grammophon. Auch sagte sie jetzt selten einen Satz, der nicht mit »Wenn wir erst verheiratet sind …« oder »Wenn wir erst in Rio leben …« begann. Doch José hatte nie von Heirat gesprochen. Das gab sie zu. »Aber schließlich *weiß* er, dass ich schwanger bin. Ja, Herzchen, bin ich. Sechs Wochen überfällig. Ich versteh gar nicht, warum dich das überrascht. Mich hat's nicht überrascht. Nicht *un peu* bisschen. Ich freue mich. Ich möchte mindestens neun haben. Ich bin sicher, einige davon werden ziemlich dunkel ausfallen – José hat eine Spur von *le nègre*, ich nehme an, du bist schon darauf gekommen? Was mir recht ist: was kann niedlicher sein als ein schwarzes Baby mit schönen, leuchtend grünen Augen? Ich wünschte, bitte lach nicht – aber ich wünschte, ich wäre für ihn, für José, noch Jungfrau gewesen. Nicht, dass ich solche Heerscharen vernascht hätte, wie manche Leute behaupten: ich nehme den Schweinen nicht übel, dass sie das behaupten, schließlich habe ich mich immer sehr locker gegeben. In Wirklichkeit aber hab ich neulich Abend mal alle zusammengezählt und bin nur auf elf Liebhaber gekommen – nicht eingerechnet irgendwas, was passiert ist, bevor ich dreizehn war, denn das *zählt* einfach nicht. Elf. Macht mich das zu einer Nutte? Schau dir Mag Wildwood an. Oder Honey Tucker. Oder Rose Ellen Ward. Die haben sich schon so oft die Pauken und Trompeten geholt, dass sie eine Kapelle bilden können. Natürlich habe ich nichts gegen Nutten. Bis auf das: einige von ihnen mögen eine ehrliche Zunge haben, aber alle haben ein unehrliches Herz. Ich meine, du kannst nicht mit einem Mann vögeln und seine Schecks einlösen und nicht wenigstens zu glauben *versuchen*, dass du ihn liebst. Ich hab das nie getan. Nicht mal bei Benny Shacklett und all diesen Ratten. Ich habe mich irgendwie in Selbsthypnose versetzt, bis ich fand, dass ihr schieres Rattentum eine gewisse Faszination besaß. Eigentlich, bis auf Doc, wenn du Doc zählen willst, ist José meine erste Nicht-Ratten-Romanze. Oh, er ist nicht meine Vorstellung vom absoluten *finito*. Er schwindelt immer mal wieder, und ihm ist wichtig, was *die Leute* denken, und er steigt ungefähr fünfzig Mal am Tag in die Badewanne: Männer sollten ein *bisschen* riechen. Er ist zu zimperlich, zu vorsichtig, um der Mann meiner Träume zu sein; er dreht mir immer den Rücken zu, wenn er sich auszieht, und er macht zu viele Geräusche, wenn er isst, und ich sehe ihn nicht gern rennen, denn er sieht irgendwie komisch aus, wenn er rennt. Wenn ich die freie Wahl unter allen Lebenden hätte, nur mit den Fingern schnippen und sagen müsste, du, komm her, dann würde ich mir nicht José aussuchen. Nehru, der kommt schon eher hin. Wendell Willkie. Die Garbo wäre mir jederzeit recht. Warum nicht? Jeder Mensch sollte einen Mann oder eine Frau heiraten dürfen oder – hör mal, wenn du ankämst und sagtest, du willst dich mit einem Rennpferd zusammentun, würde ich deine Gefühle achten. Nein, ich meine es ernst. Liebe sollte erlaubt sein. Ich bin unbedingt dafür. Jetzt, wo ich eine ganz gute Vorstellung davon habe, was das ist. Denn ich *liebe* José – ich würde aufhören zu rauchen, wenn er mich darum bäte. Er ist *freundlich*, er kann mich aus dem roten Elend rauslachen, bloß dass ich's kaum noch habe, außer manchmal, und auch dann ist es nicht so grässlich, dass ich Veronal schlucken oder mich zu Tiffany schleppen muss: ich bringe seinen Anzug in die Reinigung oder mache gefüllte Champignons und fühle mich prima. Noch was, ich habe meine Horoskope weggeworfen. Ich muss einen Dollar für jeden gottverdammten Stern in dem gottverdammten Planetarium ausgegeben haben. Es ist langweilig, aber Gutes widerfährt einem nur, wenn man gut ist. Gut? Ehrlich ist eher das, was ich meine. Nicht ehrlich vor dem Gesetz –

ich würde ein Grab ausrauben, ich würde die Münzen auf den Augen eines Toten stehlen, wenn ich dächte, das würde zum Gelingen des Tages beitragen –, sondern mir selbst gegenüber. Sei alles, nur kein Feigling, kein Heuchler, kein Schwindler in Gefühlsdingen, keine Nutte: Ich hätte lieber Krebs als ein unehrliches Herz. Was nicht fromm ist, sondern nur praktisch. Krebs *kann* dich unter die Erde bringen, aber das andere tut's mit Sicherheit. Ach, scheiß drauf, Herzchen – gib mir meine Gitarre, und ich singe dir einen *fado* in absolut perfektem Portugiesisch.«

An diese letzten Wochen, die sich vom Ende des Sommers bis in den Anfang eines neuen Herbstes erstreckten, erinnere ich mich nur undeutlich, vielleicht weil unser Verständnis füreinander inzwischen jene innige Tiefe erreicht hatte, wo zwei Menschen öfter schweigend miteinander kommunizieren als mit Worten: eine liebevolle Stille ersetzt die Spannungen, die nicht völlig zwanglosen Unterhaltungen und Unternehmungen, welche die spektakuläreren, die – im oberflächlichen Sinne – dramatischeren Augenblicke einer Freundschaft hervorbringen. Häufig, wenn *er* nicht in der Stadt war (ich hatte Antipathien gegen *ihn* entwickelt und benutzte selten seinen Namen), verbrachten wir ganze Abende miteinander, an denen wir weniger als hundert Wörter wechselten; einmal liefen wir das ganze Stück bis nach Chinatown, aßen gebratene Nudeln, kauften ein paar Lampions und stahlen eine Schachtel Räucherstäbchen, dann schlenderten wir über die Brooklyn Bridge, und auf der Brücke, während wir zusahen, wie zum Meer strebende Schiffe zwischen

den Steilklippen der brennenden Silhouetten hindurch-
fuhren, sagte sie: »Eines schönen Tages, nach vielen Jahren, wird eines dieser Schiffe mich zurückbringen, mich
und meine neun brasilianischen Rangen. Denn sie *müssen*
das sehen, diese Lichter, den Fluss – ich liebe New York,
obwohl es mir nicht gehört, so, wie mir etwas gehören
muss, ein Baum oder eine Straße oder ein Haus, irgendetwas jedenfalls, das zu mir gehört, weil ich zu ihm ge-
höre.« Und ich sagte: »Halt bloß den Mund«, denn ich
fühlte mich zu meinem Ärger ausgeschlossen – ein
Schleppkahn im Trockendock, während sie, die glitzernde
Reisende mit sicherem Ziel, aus dem Hafen dampfte mit
schrillenden Schiffssirenen und Konfetti in der Luft.

Und so treiben die Tage, diese letzten Tage, durch meine Erinnerung, dunstig, herbstlich, alle einander ähnlich
wie ein Blatt dem anderen: bis zu einem Tag, der keinem
sonst in meinem Leben glich.

Zufällig fiel er auf den 30. September, meinen Geburtstag,
eine Tatsache, die keine Auswirkungen auf die Ereignisse
hatte, außer dass ich, in Erwartung der Glückwünsche
meiner Familie in Form einer Postanweisung, der mor-
gendlichen Runde des Briefträgers freudig entgegensah.
Ich ging sogar hinunter und wartete auf ihn. Wenn ich
nicht im Vestibül herumgestanden hätte, dann hätte Holly
mich nicht gebeten, mit ihr reiten zu gehen; und hätte
folglich nicht die Gelegenheit gehabt, mir das Leben zu
retten.

»Los, komm«, sagte sie, als sie mich unten vorfand.
»Wir bewegen zwei Pferde durch den Park.» Sie trug eine

Windjacke, Jeans und Tennisschuhe; sie klatschte sich auf den Bauch, um zu zeigen, wie flach er war. »Glaub ja nicht, dass ich die Absicht habe, den Erben zu verlieren. Aber da ist ein Pferd, meine liebe alte Mabel Minerva – ich kann nicht fort, ohne mich von Mabel Minerva zu verabschieden.«

»Verabschieden?«

»Samstag in einer Woche. José hat die Flugscheine gekauft.« Ziemlich in Trance ließ ich mich von ihr die Straße hinunterführen. »Wir landen kurz in Miami und fliegen von da mit einer anderen Maschine weiter. Über das Meer. Über die Anden. Taxi!«

Über die Anden. Als wir im Taxi durch den Central Park fuhren, kam es mir so vor, als flöge auch ich, schwebte einsam über schneebedeckte, gefährliche Gipfel hinweg.

»Aber das kannst du nicht machen. Schließlich, was ist mit. Was wird mit. Du kannst nicht einfach abhauen und alle verlassen.«

»Ich glaube nicht, dass mich irgendjemand vermissen wird. Ich habe keine Freunde.«

»Ich werde dich vermissen. Auch Joe Bell. Und, ach – Millionen. Wie Sally. Der arme Mr. Tomato.«

»Ich habe den alten Sally geliebt«, sagte sie und seufzte, »weißt du, dass ich ihn seit einem Monat nicht mehr besucht habe? Als ich ihm gesagt habe, dass ich weggehe, war er ein Engel. Er schien sich sogar« – sie runzelte die Stirn – »zu *freuen*, dass ich das Land verlasse. Er hat gesagt, es ist das Beste so. Denn früher oder später könnte es Ärger geben. Wenn sie rauskriegen, dass ich nicht seine

Nichte bin. Der dicke Rechtsanwalt, O'Shaughnessy, also O'Shaughnessy hat mir fünfhundert Dollar geschickt. In bar. Ein Hochzeitsgeschenk von Sally.«

Ich wollte unfreundlich sein. »Du kannst auch von mir ein Geschenk erwarten. Wenn und falls die Hochzeit stattfindet.«

Sie lachte. »Er wird mich schon heiraten. In der Kirche. Und im Kreise seiner Familie. Deshalb warten wir damit, bis wir in Rio sind.«

»Weiß er, dass du schon verheiratet bist?«

»Was ist denn mit dir los? Versuchst du, den Tag zu ruinieren? Es ist ein schöner Tag: lass ihn in Ruhe!«

»Aber es ist absolut möglich …«

»Es ist *nicht* möglich. Ich habe dir gesagt, dass es nicht rechtskräftig war. Es *kann* nicht rechtskräftig gewesen sein.« Sie rieb sich die Nase und sah mich von der Seite an. »Ein Wort davon zu *einer* Menschenseele, und ich häng dich an den Zehen auf und mach aus dir Schweinefutter.«

Der Reitstall – ich glaube, er ist inzwischen von einem Fernsehstudio verdrängt worden – befand sich in der West Sixty-sixth Street. Holly suchte mir eine alte, schwarzweiße Stute mit hin und her schaukelndem Rücken aus: »Keine Sorge, auf der bist du sicher wie in einer Wiege.« Was in meinem Fall eine notwendige Garantie war, denn Pony-Rundritte für zehn Cent auf den Jahrmärkten meiner Kindheit bildeten meine gesamte Erfahrung mit Reittieren. Holly half mir in den Sattel und schwang sich dann auf ihr eigenes Pferd, ein silbriges Tier, das die Führung übernahm, als wir durch den Verkehr am Central Park

West trotteten und in einen Reitweg einbogen, gesprenkelt mit Herbstlaub, das in entblätternden Windstößen tanzte.

»Siehst du?«, rief sie. »Es ist phantastisch.«

Und plötzlich war es das. Plötzlich, als ich die kunterbunten Farben von Hollys Haaren im rotgelben Laublicht aufleuchten sah, liebte ich sie genug, um mich und meine selbstmitleidige Verzweiflung zu vergessen, um zufrieden zu sein, dass ihr etwas bevorstand, was sie für ihr Glück hielt. Sehr sanft begannen die Pferde zu traben, Windwogen fluteten uns entgegen, schlugen uns ins Gesicht, wir tauchten in Teiche aus Sonnenlicht und Schatten, und Lebensfreude, ein Hochgefühl, lebendig zu sein, durchschoss mich wie ein Schluck flüssiger Stickstoff. Das war die eine Minute; die nächste brachte eine Farce in finsterer Verkleidung.

Denn mit einem Mal, wie Wilde aus einem Hinterhalt im Urwald, stürzte eine Bande von schwarzen Jungen aus dem Gebüsch entlang des Weges. Johlend und fluchend warfen sie mit Steinen nach uns und schlugen mit Ruten auf die Hinterteile der Pferde ein.

Meins, die schwarz-weiße Stute, erhob sich auf die Hinterhand und wieherte, sie schwankte wie ein Hochseilartist, schoss dann den Weg hinunter und schleuderte meine Füße aus den Steigbügeln, so dass ich kaum noch an ihr befestigt war. Ihre Hufe schlugen Funken aus den Kieselsteinen am Boden. Der Himmel wankte. Bäume, ein Teich mit Spielzeug-Segelbooten, Statuen sausten vorbei wie geölte Blitze. Kindermädchen hasteten, um ihre Schützlinge vor unserem furchterregenden Heranpreschen zu retten; Männer, sowohl Stadtstreicher als auch normale, brüllten: »Die Zügel anziehen!« und »Brr, Alter, brr!« und »Spring ab!« Erst später erinnerte ich mich an diese Stimmen; im Augenblick selbst nahm ich nur Holly wahr, die Cowboy-Geräusche, wie sie mir nachjagte, ohne mich je ganz einzuholen, und mir immer wieder Ermutigungen zurief. Weiter ging's: durch den Park und hinaus auf die Fifth Avenue: in wildem Galopp durch den Mittagsverkehr, Taxis, Busse, die mit quietschenden Reifen auswichen. Vorbei am Duke-Haus, am Frick-Museum, vorbei am Pierre und am Plaza. Aber Holly gewann an Boden; außerdem hatte sich ein berittener Polizist der Jagd angeschlossen: von beiden Seiten her nahmen ihre Pferde meine durchgegangene Stute in die Zange und zwangen sie, dampfend stehenzubleiben. Und erst jetzt fiel ich endlich von ihrem Rücken. Fiel hinunter und rappelte mich wieder auf und stand da, nicht ganz sicher, wo ich mich befand. Eine Menschenmenge versammelte sich. Der Polizist grummelte und schrieb in ein Notizbuch; gleich darauf war er höchst teilnahmsvoll, grinste und sagte, er werde dafür sorgen, dass unsere Pferde zurückgebracht würden.

Holly steckte mich in ein Taxi. »Herzchen. Wie fühlst du dich?«

»Gut.«

»Aber du hast überhaupt keinen *Puls*«, sagte sie mit den Fingern auf meinem Handgelenk.

»Dann muss ich tot sein.«

»Nein, du Schafskopf. Ich meine es ernst. Sieh mich an.«

Das Problem war, ich konnte sie nicht sehen; denn ich sah mehrere Hollys, ein Trio verschwitzter Gesichter, so weiß vor Sorge, dass ich gerührt und zugleich verlegen war. »Ehrlich. Ich fühle überhaupt nichts. Außer dass ich mich schäme.«

»Bitte. Bist du sicher? Sag mir die Wahrheit. Du hättest tot sein können.«

»Bin ich aber nicht. Und vielen Dank. Dass du mir das Leben gerettet hast. Du bist wunderbar. Einzigartig. Ich liebe dich.«

»Verdammter Idiot.« Sie küsste mich auf die Wange. Dann vervierfachte sie sich, und ich fiel in Ohnmacht.

Am selben Abend schmückten Photos von Holly die Titelseite der Spätausgabe des *Journal-American* und die der Morgenausgaben sowohl der *Daily News* als auch des *Daily Mirror*. Die Veröffentlichungen hatten nichts mit durchgegangenen Pferden zu tun. Sie betrafen ganz etwas anderes, wie die Schlagzeilen verdeutlichten: LEBE-DAME IN RAUSCHGIFTSKANDAL VERHAFTET (*Journal-American*), VERHAFTUNG MORPHIUM SCHMUGGELNDER SCHAUSPIELERIN (*Daily News*), HEROINRING AUSGEHOBEN, FILM-SCHÖNHEIT IN U-HAFT (*Daily Mirror*).

Das bemerkenswerteste Photo erschien in der *News*: Holly beim Betreten des Polizeireviers, eingeklemmt zwischen zwei Kripobeamten, einer männlich, einer weiblich. In diesem lasterhaften Zusammenhang sprach sogar ihre Kleidung (sie trug immer noch ihr Reitkostüm, Windjacke und Jeans) für ein abgebrühtes Gangsterliebchen:

ein Eindruck, den die Sonnenbrille, die derangierte Frisur und eine Picayune-Zigarette, die aus einem mürrischen Mund hing, nicht milderten. Die Bildunterschrift lautete: *Die zwanzigjährige Holly Golightly, Filmsternchen und Nachtclubstammgast, ist laut Staatsanwalt die Schlüsselfigur eines internationalen Rauschgiftsyndikats verbunden mit Unterweltboss Salvatore »Sally« Tomato. Die Beamten Patrick Connor und Sheilah Fezzonetti (l. und r.) bringen sie auf das Revier in der 67th Street. Siehe Artikel auf S. 3.* Der Artikel, mit einem Photo von einem Mann, identifiziert als Oliver »Pater« O'Shaughnessy (der sein Gesicht hinter einem Filzhut verbarg), erstreckte sich über drei ganze Spalten. Hier, etwas gekürzt, die relevanten Stellen: *Die Mitglieder der Nachtclubschickeria wurden heute von der Verhaftung der entzückenden Holly Golightly überrascht, dem zwanzigjährigen Hollywoodsternchen und oft abgelichteten Juwel des New Yorker Nachtlebens. Zur selben Zeit, um 14.00 Uhr, schnappte die Polizei Oliver O'Shaughnessy, 52, wohnhaft im Hotel Seabord, West 49th Street, als er aus einem Hamburger-Himmel in der Madison Avenue kam. Beiden wird von Staatsanwalt Frank L. Donovan zur Last gelegt, wichtige Rollen in einem internationalen Rauschgiftring zu spielen, geleitet von dem einschlägig bekannten Mafia-Führer Salvatore »Sally« Tomato, welcher derzeit in Sing-Sing eine fünfjährige Strafe wegen politischer Bestechung absitzt ... O'Shaughnessy, ein seines Amtes enthobener Priester, der in Verbrecherkreisen wechselnd als »Pater« und »Il Padre« bekannt ist, hat ein Strafregister aufzuweisen, das bis ins Jahr 1934 zurückreicht, als er zu zwei Jahren Haft verurteilt wurde, weil er auf Rhode Island* unter dem Deckmantel einer Nervenklinik namens »Das Kloster« ein Bordell betrieben hatte. Miss Golightly, die bisher noch nicht straffällig geworden ist, wurde in ihrer luxuriösen Wohnung in einem mondänen East-Side-Viertel verhaftet ... Obwohl die Staatsanwaltschaft noch keine Anklage erhoben hat, ist aus zuverlässigen Quellen zu erfahren, dass die blonde und berückend schöne Schauspielerin, noch vor kurzem die ständige Begleiterin des Multimillionärs Rutherfurd Trawler, die »Verbindungsfrau« zwischen dem eingesperrten Tomato und seiner rechten Hand O'Shaughnessy war ... Miss Golightly soll sich als Verwandte von Tomato ausgegeben und ihn allwöchentlich in Sing-Sing besucht haben, und bei diesen Gelegenheiten versorgte Tomato sie mit verschlüsselten Botschaften, die sie dann O'Shaughnessy übermittelte. Auf diesem Wege war Tomato, der angeblich 1874 in Cefalu auf Sizilien das Licht der Welt erblickt hat, in der Lage, weiterhin einen weltweiten Rauschgifthandel zu dirigieren mit Außenposten in Mexiko, Kuba, Sizilien, Tanger, Teheran und Dakar. Aber die Staatsanwaltschaft weigerte sich, nähere Einzelheiten zu all diesen Beschuldigungen anzugeben oder sie auch nur zu bestätigen ... Nach einem heißen Tip hatte sich eine große Schar von Reportern am Revier in der East 67th Street eingefunden, um über die Einlieferung des angeklagten Pärchens zu berichten. O'Shaughnessy, ein untersetzter, rothaariger Mann, verweigerte jeden Kommentar und trat einem Pressephotographen in die Leiste. Doch Miss Golightly, eine grazile Augenweide, auch wenn männlich mit Hose und Lederjacke bekleidet, wirkte relativ unbesorgt. »Fragen Sie mich ja nicht, worum es hier geht«, sagte sie den Reportern. »Parce-que je ne sais

pas, mes chères. (Denn ich weiß es nicht, meine Lieben.)
Ja – ich habe Sally Tomato besucht. Und zwar einmal jede
Woche. Was ist daran falsch? Er glaubt an Gott, genau wie
ich.« … Dann, unter dem Zwischentitel GIBT EIGENE
RAUSCHGIFTSUCHT ZU: *Miss Golightly lächelte, als*
ein Reporter fragte, ob sie selbst regelmäßig Rauschgift zu
sich nehme. »Ich hab's mal mit Marihuana probiert. Das ist
nicht halb so zerstörerisch wie Weinbrand. Und billiger.
Leider ziehe ich Weinbrand vor. Nein, Mr. Tomato hat mir
gegenüber nie von Rauschgift gesprochen. Es macht mich
wütend, wie diese gemeinen Leute ihn verfolgen. Er ist ein
sensibler, frommer Mensch. Ein reizender alter Mann.«

In diesem Bericht findet sich ein besonders grober
Fehler: Sie wurde nicht in ihrer »luxuriösen Wohnung«
verhaftet. Sondern in meinem Badezimmer. Ich ertränkte
meine Reitschmerzen in einer Wanne voll mit kochend-
heißem Wasser, versetzt mit Epsomer Bittersalz; Holly,
eine fürsorgliche Krankenschwester, saß auf dem Bade-
wannenrand und wartete darauf, mich mit Sloan's Heilöl
einzureiben und ins Bett zu bringen. Jemand klopfte an
die Wohnungstür. Da die Tür nicht abgeschlossen war,
rief Holly: Herein. Und herein kam Madame Sapphia
Spanella, gefolgt von zwei Kripobeamten in Zivil, einer davon eine Dame mit dicken blonden Zöpfen, die um ihren
Kopf gewunden waren.

»*Da* ist sie: die Gesuchte!«, trompetete Madame Spanella, drang ins Badezimmer ein und richtete einen Finger
erst auf Hollys, dann auf meine Nacktheit. »Sehen Sie.
Was für eine Hure sie ist.« Der männliche Beamte schien
peinlich berührt zu sein: von Madame Spanella und von

der Situation; aber ein grimmiges Vergnügen straffte die Züge seiner Begleiterin – sie ließ eine Hand auf Hollys Schulter plumpsen und sagte mit einer überraschenden Kleinkinderstimme: »Komm mit, Schwester. Du machst einen Ausflug.« Worauf Holly ihr frech entgegnete: »Fass mich nicht mit deinen Baumwollpflückerpfoten an, du krepeliger, krummbeiniger kesser Vater.« Was die Dame ziemlich erzürnte: sie versetzte Holly eine kräftige Ohrfeige. So kräftig, dass ihr Kopf sich auf dem Hals verdrehte und die Flasche mit Heilöl aus ihrer Hand flog, auf den Fliesenboden, wo sie in tausend Scherben zerbrach – in die ich, als ich aus der Badewanne hüpfte, um das Kampfgetümmel zu bereichern, hineintrat und mir beide große Zehen fast abtrennte. Nackt und eine Spur blutiger Fußabdrücke hinterlassend, folgte ich dem Polizeieinsatz bis auf den Treppenflur. »Denk dran«, gelang es Holly, mich zu instruieren, während die Beamten sie die Treppe hinunterstießen, »bitte füttere den Kater.«

Natürlich nahm ich an, dass Madame Spanella dahintersteckte: sie hatte schon mehrmals die Polizei gerufen, um sich über Holly zu beschweren. Ich kam nicht auf die Idee, dass die Verhaftung fürchterliche Folgen haben konnte, bis am Abend Joe Bell bei mir erschien und mit den Zeitungen fuchtelte. Er war zu aufgeregt, um vernünftig zu sprechen; er tigerte im Zimmer umher und schlug die Fäuste gegeneinander, während ich die Berichte las.

Dann sagte er: »Glaubst du, es stimmt? Sie ist in diese üble Geschichte verwickelt?«

»Ja, schon.«

Er warf einen Tums in seinen Mund und kaute, mich finster anstarrend, darauf herum, als zermalmte er meine Knochen. »Junge, das ist mies von dir. Und du willst ihr Freund sein. Du Dreckskerl!«

»Moment mal. Ich habe nicht gesagt, dass sie *wissentlich* darin verwickelt war. Aber sie hat's getan. Botschaften überbracht und dergleichen …«

Er sagte: »Du nimmst das ganz schön gelassen hin, wie? Verdammt, sie kann zehn Jahre kriegen. Oder mehr.« Er riss mir die Zeitungen weg. »Du kennst ihre Freunde. Diese reichen Kerle. Komm runter in die Bar, wir hängen uns ans Telefon. Unser Mädel wird bessere Anwälte brauchen, als ich mir leisten kann.«

Ich hatte zu starke Schmerzen und war zu wackelig, um mich allein anzuziehen; Joe Bell musste mir helfen. Unten in seiner Bar brachte er mich in der Telefonzelle unter und stellte mir einen dreifachen Martini und ein großes Branntweinglas voll Münzen hin. Aber mir fiel niemand ein, an den ich mich wenden konnte. José war in Washington, und ich hatte keine Ahnung, wo er dort zu erreichen war. Rusty Trawler? Nicht diesen Mistkerl! Nur: welche anderen Freunde von ihr kannte ich? Vielleicht hatte sie ja Recht, als sie sagte, sie habe eigentlich keine.

Ich verlangte eine Verbindung mit Crestview 5–6958 in Beverly Hills, der Nummer, die mir die Fernauskunft für O. J. Berman gegeben hatte. Die Person, die sich meldete, sagte, Mr. Berman bekomme gerade eine Massage und könne nicht gestört werden: versuchen Sie es später. Joe Bell war in Rage – ich hätte sagen sollen, es gehe um Leben und Tod, raunzte er und bestand darauf, dass ich es bei Rusty versuchte. Zuerst sprach ich mit Mr. Trawlers Butler – Mr. und Mrs. Trawler, verkündete er, seien beim Dinner, könne er eine Nachricht entgegennehmen? Joe Bell brüllte in den Hörer: »Das ist dringend, Mister. Leben und Tod.« Mit dem Resultat, dass ich mit der früheren Mag Wildwood sprach – oder ihr vielmehr zuhörte: »Sind Sie verrückt?«, fragte sie. »Mein Mann und ich, wir werden jeden verklagen, der versucht, unsere Namen mit dieser a-a-abscheulichen und ver-verkommenen Person in Verbindung zu bringen. Ich habe immer gewusst, dass sie M-M-Morphinistin ist und nicht mehr Moral hat als eine läufige Hündin. Ins Gefängnis, da gehört sie hin. Und mein Mann ist absolut meiner Meinung. Wir werden jeden verklagen, der …« Als ich auflegte, fiel mir der alte Doc unten in Tulip, Texas, ein; doch nein, Holly würde es nicht gefallen, wenn ich ihn anrief, sie würde mich dafür ermorden.

Ich rief wieder in Kalifornien an; die Leitungen waren besetzt, blieben besetzt, und als schließlich O. J. Berman am Apparat war, hatte ich so viele Martinis intus, dass er mir sagen musste, warum ich ihn anrief: »Wegen der Kleinen, ja? Ich weiß schon. Ich hab schon mit Iggy Fitelstein gesprochen. Iggy ist der beste Anwalt in ganz New York. Ich hab gesagt, Iggy, kümmre dich drum, schick mir die Rechnung, nur halt meinen Namen da raus. Na ja, ich schulde der Kleinen was. Also genau genommen schulde ich ihr *gar* nichts. Sie ist verrückt. Ein falscher Fünfziger. Aber ein *echter* falscher Fünfziger, verstehen Sie? Jedenfalls ist die Kaution nur auf zehntausend fest-

gesetzt. Keine Sorge, Iggy holt sie bis heute Abend raus –
würde mich nicht wundern, wenn sie schon wieder zu
Hause ist.«

Aber das war sie nicht; auch nicht am nächsten Morgen,
als ich hinunterging, um den Kater zu füttern. Da ich keinen Schlüssel für die Wohnung hatte, benutzte ich die
Feuertreppe und verschaffte mir durch ein Fenster Zu-
tritt. Der Kater war im Schlafzimmer, und er war nicht allein: ein Mann stand da, über einen Koffer gebeugt. Wir
hielten uns gegenseitig für Einbrecher und wechselten
ungemütliche Blicke, als ich durchs Fenster einstieg. Er
hatte ein hübsches Gesicht, lackierte Haare, und ähnelte
José; außerdem enthielt der Koffer, den er gerade gepackt
hatte, die Garderobe, die José bei Holly aufbewahrte, die
Schuhe und Anzüge, die sie in Ordnung gehalten, ständig
zum Schuster und zur Reinigung getragen hatte. Und ich
sagte, überzeugt, dass es so war: »Hat Mr. Ybarra-Jaegar
Sie geschickt?«

»Ich bin der Cousin«, sagte er mit vorsichtigem Lächeln und gerade noch verständlichem Akzent.

»Wo ist José?«

Er wiederholte die Frage, als übersetzte er sie in eine
andere Sprache. »Ach, *wo* sie ist! Sie wartet«, sagte er, und
damit war ich offenbar entlassen, und er widmete sich
wieder seinen Kammerdienertätigkeiten.

Also der Diplomat hatte vor, sich zu verdünnisieren.
Nun, das wunderte mich nicht, und bedauern tat ich es
noch weniger. Trotzdem, was für eine herzlose Lumperei:
»Dem müsste man das Fell mit einer Reitpeitsche gerben.«

Der Cousin kicherte, ich bin überzeugt, dass er mich verstand. Er schloss den Koffer und holte einen Brief hervor: »Mein Cousine, sie bittet mich, das hierzulassen für sein Kamerad. Sie werden so freundlich sein?«

Auf dem Umschlag stand: *Für Miss H. Golightly – durch Boten.*

Ich setzte mich auf Hollys Bett und drückte Hollys Kater an mich und litt ebenso sehr, wie Holly bald selbst leiden würde.

»Ja, ich werde so freundlich sein.«

Und das war ich auch, ohne es im mindesten zu wollen. Aber ich hatte nicht den Mut, den Brief zu vernichten; oder die Willenskraft, ihn in der Tasche zu behalten, als Holly sich sehr zaghaft erkundigte, ob ich zufällig etwas von José gehört hätte. Es war der Morgen zwei Tage danach; ich saß an ihrem Bett in einem Zimmer, das nach Jod und Bettpfannen stank, einem Zimmer in einem Krankenhaus. Dort befand sie sich seit dem Abend ihrer Verhaftung. »Tja, Herzchen«, hatte sie mich begrüßt, als ich auf Zehenspitzen an ihr Bett trat, beladen mit einer Stange Picayune-Zigaretten und einem Wagenrad aus Herbstveilchen, »ich habe den Erben verloren.« Sie sah aus wie nicht ganz zwölf Jahre alt: die hellen, vanillegelben Haare zurückgekämmt, die Augen, ausnahmsweise einmal ohne Sonnenbrille, klar wie Regenwasser – man mochte nicht glauben, wie krank sie gewesen war.

Doch es stimmte: »Verdammt, ich wäre fast abgekratzt. Kein Quatsch, das fette Weib hat mich fast erwischt. Hat mir die Hölle heiß gemacht. Wahrscheinlich hab ich dir noch nie was von dem fetten Weib erzählt. Denn ich hatte selbst keine Ahnung von der, bis mein Bruder gestorben ist. Da hab ich mich sofort gefragt, wo ist er hin, was bedeutet das, Fred ist tot; und da hab ich sie gesehen, sie war bei mir im Zimmer und wiegte Fred in den Armen, ein fettes, böses, rotes Weib, hielt Fred auf dem Schoß, saß in einem Schaukelstuhl und hat schallend gelacht. Dieser Hohn! Aber das ist alles, was vor uns liegt, mein Freund: diese *comédienne*, die nur darauf wartet, sich über uns scheckig zu lachen. Verstehst du jetzt, warum ich durchgedreht bin und alles kaputt geschlagen habe?«

Bis auf den von O. J. Berman angeheuerten Anwalt war ich der einzige Besucher, der zu ihr durfte. Sie teilte das Zimmer mit anderen Patienten, einem Trio drillingsartiger Damen, die mich nicht unfreundlich, aber genauestens musterten und in geflüstertem Italienisch Vermutungen anstellten. Holly erklärte das: »Sie glauben, du bist mein Ruin, Herzchen. Der Kerl, der mich ins Unglück gestürzt hat«, und beantwortete meinen Vorschlag, das richtigzustellen, mit: »Das kann ich nicht. Sie sprechen kein Englisch. Außerdem würde mir nicht im Traum einfallen, ihnen den Spaß zu verderben.« Und dann fragte sie mich nach José.

Sowie sie den Brief sah, kniff sie die Augen zusammen und krümmte ihren Mund zu einem schmalen, harten Lächeln, das ihr Alter ins Unermessliche steigerte. »Herzchen«, wies sie mich an, »würdest du die Schublade da aufmachen und mir meine Handtasche geben. Ein Mädchen liest so etwas nicht ohne Lippenstift.«

Unter der Anleitung eines Puderdosenspiegels malte und puderte sie jede Spur der Zwölfjährigen aus ihrem Gesicht fort. Sie formte ihre Lippen aus einer Tube und färbte ihre Wangen aus einer anderen. Sie fuhr mit einem Stift um ihre Augenränder, tat sich Blau auf die Lider und besprühte ihren Hals mit 4711; steckte sich Perlen an die Ohren und setzte ihre Sonnenbrille auf; derart gewappnet, und nach einem unzufriedenen Blick auf den mangelhaften Zustand ihrer Maniküre, riss sie den Brief auf und überflog ihn, wobei ihr steinernes kleines Lächeln noch kleiner und härter wurde. Schließlich bat sie um eine Picayune. Tat einen Zug: »Schmeckt ekelhaft. Aber himmlisch«, sagte sie und, mir den Brief zuwerfend: »Vielleicht kannst du den mal gebrauchen – wenn du je einen Liebesroman schreibst, in dem ein Schweinehund vorkommt. Sei nicht so eigensüchtig: lies ihn vor. Ich würde ihn auch gern hören.«

Er begann: »Mein liebstes kleines Mädchen ...«

Sofort unterbach Holly. Sie wollte wissen, was ich von der Handschrift hielt. Ich hielt nichts davon: eine enge, sehr gut lesbare, unexzentrische Schrift. »Genau so ist er. Zugeknöpft und verstopft«, verkündete sie. »Lies weiter.«

»Mein liebstes kleines Mädchen, ich habe Dich geliebt, da ich wusste, Du warst nicht wie andere. Doch stell Dir meine Verzweiflung vor, als ich auf so brutale und öffentliche Weise Kenntnis erhielt, wie sehr Du Dich von der Frau unterscheidest, die ein Mann meines Glaubens und meiner Bestimmung hoffen kann, zu seiner Ehefrau zu machen. Wahrhaftig, ich beklage die Schande Deiner gegenwärtigen Umstände und bringe es nicht über mein

Herz, meine Verdammnis der Verdammnis hinzuzufügen, die dich umgibt. Also hoffe ich, Du wirst es nicht über Dein Herz bringen, mich zu verdammen. Ich muss meine Familie schützen und meinen Namen, und ich bin ein Feigling, wenn diese Institutionen ins Spiel kommen. Vergiss mich, schönes Kind. Ich bin nicht mehr hier. Ich bin nach Hause gefahren. Aber möge Gott immer mit Dir und Deinem Kind sein. Möge Gott nicht so sein wie – José.«

»Na?«

»In gewisser Weise wirkt er ganz ehrlich. Und sogar rührend.«

»*Rührend?* Dieses spießige Gewäsch!«

»Aber immerhin *sagt* er, dass er ein Feigling ist, und du musst verstehen, von seinem Standpunkt aus …«

Holly wollte jedoch nicht zugeben, dass sie es verstand; aber ihr Gesicht, trotz der kosmetischen Verkleidung, gestand es ein. »Also gut, er ist kein Schweinehund ohne Gründe. Kein übergroßer King-Kong-Schweinehund wie Rusty. Wie Benny Shacklett. Aber, ach, verflixt, verdammt und zugenäht«, sagte sie und stopfte sich eine Faust in den Mund wie ein schreiendes Baby. »Ich habe ihn ge*liebt*. Den Schweinehund.«

Das italienische Trio vermutete eine Krise zwischen Liebenden, und die Damen, die Schuld an Hollys Schmerzenslauten dort suchend, wo sie ihrer Meinung nach hingehörte, bedachten mich mit missbilligenden Zungenschnalzern. Ich war geschmeichelt: stolz, dass irgendjemand auf den Gedanken kam, Hollys Herz könnte für mich schlagen. Sie beruhigte sich, als ich ihr noch eine Zigarette anbot. Sie schluckte und sagte: »Danke, mein

Junge. Und danke dafür, dass du so ein schlechter Jockey bist. Hätte ich nicht die Retterin in der Not spielen müssen, würde ich mich immer noch auf den Fraß in einem Heim für ledige junge Mütter freuen. Körperliche Anstrengung, die hat's gebracht. Aber den Polypen hab ich eine Heidenangst eingejagt, denn ich hab behauptet, das war alles nur, weil *Mademoiselle* kesser Vater mich geschlagen hat. Jawohl, ich kann denen mehrere Klagen anhängen, darunter eine wegen Freiheitsberaubung.«

Bis dahin hatten wir es vermieden, über den Ernst ihrer Lage zu sprechen, und diese scherzhafte Anspielung darauf erschreckte und rührte mich, denn sie zeigte, wie gänzlich unfähig sie war, sich der trostlosen Wirklichkeit zu stellen. »Hör mal, Holly«, sagte ich und dachte: sei stark, sei reif, sei ein Onkel. »Hör mal, Holly. Wir können das nicht als Witz abtun. Wir müssen uns etwas einfallen lassen.«

»Du bist zu jung, um kleinkariert zu sein. Und nicht groß genug. Außerdem, was geht dich das an?«

»Nichts. Außer dass ich dein Freund bin und mir Sorgen mache. Ich will wissen, was du zu tun beabsichtigst.«

Sie rieb sich die Nase und konzentrierte sich auf die Zimmerdecke. »Heute ist Mittwoch, ja? Also werde ich wahrscheinlich bis Samstag ruhen, mich mal so richtig ausschlafen. Am Samstagmorgen werde ich mich hier verabsentieren und auf die Bank gehen. Dann werde ich in meiner Wohnung vorbeischauen und ein oder zwei Nachthemden und mein Mainbocher-Kleid mitnehmen. Anschließend werde ich mich nach Idlewild begeben. Wo ich, wie du ganz genau weißt, einen erstklassigen Platz in einem erstklassigen Flugzeug habe. Und weil du so ein guter Freund bist, darfst du winken kommen. *Bitte* hör auf, den Kopf zu schütteln.«

»Holly. Holly. Das kannst du nicht machen.«

»*Et pourquoi pas?* Ich renne José nicht hinterher, falls du das denkst. Laut meiner Volkszählung gehört er zu den Bewohnern von Orkus City. Bloß: warum soll ich einen erstklassigen Flugschein verfallen lassen? Der schon bezahlt ist? Außerdem war ich noch nie in Brasilien.«

»Was für Pillen haben sie dir hier verabreicht? Begreifst du denn nicht, du stehst unter Anklage. Wenn sie dich auf der Flucht schnappen, dann buchten sie dich ein und werfen den Schlüssel weg. Selbst wenn du es ins Ausland schaffst, wirst du nie mehr nach Hause kommen können.«

»Na und, Pech gehabt. Außerdem, Zuhause ist da, wo man sich zu Hause fühlt. Ich suche noch danach.«

»Nein, Holly, das ist idiotisch. Du bist unschuldig. Du musst es durchstehen.«

Sie sagte: »Hurra-hurra«, und blies mir Rauch ins Gesicht. Sie war jedoch beeindruckt; ihre Augen wurden von traurigen Visionen geweitet, ebenso wie meine: Eisenzellen, Stahlkorridore mit langsam zugehenden Türen. »Ach, scheiß drauf«, sagte sie und drückte heftig ihre Zigarette aus. »Ich hab eine ganz gute Chance, *nicht* geschnappt zu werden. Vorausgesetzt, *du* hältst *la bouche fermée.* Schau mal. Verachte mich nicht, Herzchen.« Sie legte ihre Hand auf meine und drückte sie mit plötzlicher, ungeheurer Ehrlichkeit. »Mir bleibt kaum eine Wahl. Ich hab's mit dem Anwalt durchgesprochen: Oh, ich hab ihm nichts von Rio gesagt – der würde mich an die Polente verpfeifen, um nicht sein Honorar zu verlieren; ganz zu schweigen von den Pimperlingen, die O. J. Berman als Kaution gestellt hat. Gesegnet sei O. J.s gutes Herz, aber ich hab ihm an der Westküste mal geholfen, in einem einzigen Pokerspiel mehr als zehn Riesen zu gewinnen: wir sind quitt. Nein, in Wirklichkeit sieht's so aus: alles, was die Polypen von mir wollen, sind ein paar Gratisnummern und meine Dienste als Belastungszeugin gegen Sally – niemand hat die Absicht, mich anzuklagen, sie haben nichts gegen mich in der Hand. Ich mag verderbt bis ins Mark sein, Schwester, *aber*: ich weigere mich, gegen einen Freund auszusagen. Auch nicht, wenn sie ihm nachweisen können, dass er die gute Sister Kenny mit Koks versorgt hat. Mein Maßstab ist, wie mich jemand behandelt, und der alte Sally, gut, das war nicht ganz astrein mir gegenüber, sagen wir, er hat mich ein bisschen benutzt, trotzdem ist Sally eine ehrliche Haut, und ich würde mich lieber dem fetten Weib überliefern, als den Gesetzeshütern zu helfen, ihn festzunageln.« Sie hielt sich den Puderdosenspiegel vors Gesicht, verteilte den Lippenstift auf ihrem Mund mit einem gekrümmten kleinen Finger und sagte: »Um ganz ehrlich zu sein, das ist nicht alles. Es gibt ein Scheinwerferlicht, das dem Teint eines Mädchens schlecht bekommt. Selbst wenn die Geschworenen mir einen Tapferkeitsorden verleihen würden, hätte ich in dieser Gegend keine Zukunft: überall würden sie mir die Tür vor der Nase zuknallen, vom La Rue bis zu Perona's Bar und dem Grill – du kannst mir glauben, ich wäre ungefähr so willkommen wie Mr.

Frank E. Campbell, der Leichenbestatter. Und wenn du bisher von *meinen* Talenten gelebt hättest, Schätzchen, dann würdest du begreifen, was für einen Bankrott ich beschreibe. Uh-uh, mir schwebt nicht vor, in einem Schuppen wie dem Roseland mit dem Gesindel von der West Side Schieber zu tanzen. Während die feine Madame Trawler möseschwenkend bei Tiffany ein und aus geht. Das könnte ich nicht ertragen. Dann lieber das fette Weib.«

Eine Krankenschwester glitt ins Zimmer und tat kund, dass die Besuchszeit zu Ende war. Holly fing an zu protestieren, doch ihr wurde mit einem Thermometer der Mund gestopft. Als ich mich verabschiedete, entkorkte sie sich, um zu sagen: »Tu mir einen Gefallen, Herzchen. Ruf die *Times* an oder wen immer und besorg mir eine Liste der fünfzig reichsten Männer von Brasilien. Ich mache keine Witze. Die fünfzig reichsten: egal, welcher Rasse oder Hautfarbe. Und noch was – schau in meiner Wohnung nach, ob du den Anhänger findest, den du mir geschenkt hast. Den Heiligen Christophorus. Den werd ich für die Reise brauchen.«

Der Himmel war am Freitagabend rot, es donnerte, und am Samstag, dem Abreisetag, schwankte die Stadt unter peitschendem Platzregen. Haie hätten durch die Luft schwimmen können, wogegen es unwahrscheinlich schien, dass ein Flugzeug sie durchdringen konnte.

Aber Holly kümmerte sich gar nicht um meine fröhliche Überzeugung, dass ihr Flugzeug nicht abheben würde, und setzte ihre Vorbereitungen fort – wobei sie, das muss ich sagen, mir die Hauptlast aufbürdete. Denn sie hatte entschieden, dass es unklug von ihr wäre, das Sandsteinhaus zu betreten. Und das zu Recht: es stand unter Beobachtung, ob durch die Polizei oder Reporter oder andere interessierte Parteien, ließ sich nicht sagen – nur dass ein Mann, manchmal auch mehrere Männer vor der Haustür herumlungerten. Also war sie vom Krankenhaus zur Bank gegangen und dann direkt in die Bar von Joe Bell. »Sie meint, ihr ist keiner gefolgt«, sagte Joe, als er mit der Nachricht zu mir kam, dass Holly mich dort so bald wie möglich erwartete, spätestens in einer halben Stunde, und mitbringen sollte ich: »Ihren Schmuck. Ihre Gitarre. Zahnbürsten und so Zeug. Und eine Flasche hundert Jahre alten Branntwein: sie sagt, du wirst sie ganz unten im Korb mit der schmutzigen Wäsche finden. Ach ja, und den Kater. Sie will den Kater haben. Aber verdammt noch mal«, sagte er, »ich weiß nicht, ob wir ihr überhaupt helfen sollten. Sie sollte vor sich selbst geschützt werden. Mir ist ganz danach, es der Polizei zu sagen. Vielleicht, wenn ich zurückgehe und ihr ein paar Cocktails mache, vielleicht kriege ich sie so betrunken, dass sie's abbläst.«

Die Feuertreppe zwischen Hollys Wohnung und meiner hinauf und hinunter stolpernd und schliddernd, winddurchpustet und selbst außer Puste und pitschnass bis auf die Knochen (dazu zerkratzt bis auf die Knochen, denn der Kater hatte die Evakuierung, besonders bei so unfreundlichem Wetter, nicht günstig aufgenommen), meisterte ich in kürzester Zeit die Aufgabe, ihre Ausgehutensilien zusammenzutragen. Ich fand sogar ihren Sankt-Christophorus-Anhänger. Alles stapelte sich auf dem Fußboden in meinem Zimmer, eine traurige Pyramide aus Büstenhaltern und Tanzschuhen und hübschen Dingen, die ich in Hollys einzigen Koffer packte. Vieles blieb übrig, was ich in Papiereinkaufstüten verstauen musste. Aber ich hatte keine Ahnung, wie ich den Kater transportieren sollte, bis mir einfiel, ihn in einen Kopfkissenbezug zu stopfen.

Egal, warum, aber ich bin früher mal von New Orleans zu Fuß bis nach Nancy's Landing in Mississippi gelaufen, etwas knapp unter fünfhundert Meilen. Das war ein harmloser Witz im Vergleich zu meinem Marsch zur Bar von Joe Bell. Die Gitarre füllte sich mit Regen, Regen weichte die Papiertüten auf, die Tüten platzten, und Parfüm ergoss sich aufs Pflaster, Perlen rollten in den Rinnstein: Der Wind peitschte, der Kater kratzte und kreischte – aber das Schlimmste war, ich hatte Schiss, konnte es an Feigheit mit José aufnehmen: in den stürmischen Straßen schien es zu wimmeln von unsichtbaren Einsatzkräften, die nur darauf warteten, mich abzufangen und einzusperren, weil ich einer Gesetzesbrecherin Vorschub leistete.

Die Gesetzesbrecherin sagte: »Du bist spät dran, Junge. Hast du den Branntwein mitgebracht?«

Und der freigelassene Kater sprang auf ihre Schulter: sein Schwanz schwang wie ein Taktstock, der ekstatische Musik dirigiert. Holly schien ebenfalls von einer Melodie bewegt zu sein, einem lustigen *Bon-voyage*-Humtata. Sie entkorkte die Branntweinflasche und sagte: »Die sollte eigentlich Teil meiner Aussteuertruhe sein. Mit dem Gedanken, dass wir uns an jedem Hochzeitstag ein Gläschen genehmigen würden. Gott sei Dank hab ich nie die Truhe dafür gekauft. Mr. Bell, Sir, drei Gläser.«

»Sie brauchen nur zwei«, sagte er. »Ich trinke nicht auf Ihre Dummheiten.«

Je mehr sie ihm um den Bart ging (»Ach, Mr. Bell. Die Dame entschwindet nicht jeden Tag. Wollen Sie nicht mit ihr anstoßen?«), desto bärbeißiger wurde er: »Ich will nichts damit zu tun haben. Wenn Sie zur Hölle fahren wollen, dann ganz allein. Ohne weitere Hilfe von mir.« Eine Falschaussage: denn Sekunden, nachdem er sie gemacht hatte, hielt eine Limousine mit Chauffeur vor der Bar, und Holly, die sie als Erste bemerkte, hob die Augenbrauen, als erwartete sie, dass der Staatsanwalt höchstpersönlich ausstieg. Was ich übrigens auch tat. Und als ich sah, wie Joe Bell rot wurde, dachte ich: mein Gott, er hat wirklich die Polizei angerufen. Aber dann verkündete er mit brennenden Ohren: »Das ist nichts weiter. Bloß einer von diesen Carey-Cadillacs. Ich hab ihn gemietet. Für die Fahrt zum Flughafen.«

Er kehrte uns den Rücken zu und machte sich an einem seiner Blumenarrangements zu schaffen. Holly sagte: »Lieber, guter Mr. Bell. Sehen Sie mich an, Sir.«

Er weigerte sich. Er riss die Blumen aus der Vase und warf sie nach ihr; sie verfehlten ihr Ziel und landeten auf dem Fußboden. »Adieu«, sagte er; und hastete, als müsse er sich übergeben, zur Herrentoilette. Wir hörten, wie die Tür verriegelt wurde.

Der Carey-Chauffeur war ein weltgewandtes Exemplar, er nahm sich mit ausgesuchter Höflichkeit unseres liederlichen Gepäcks an und verzog keine Miene, als

Holly, während die Limousine durch den nachlassenden Regen nach Norden zischte, ihre Sachen auszog, das Reitkostüm, das sie bis jetzt noch nicht hatte wechseln können, und sich in ein enges schwarzes Kleid schlängelte. Wir sagten nichts: jede Unterhaltung hätte nur zu Streit geführt; und außerdem schien Holly zu geistesabwesend für ein Gespräch. Sie summte vor sich hin, nahm immer wieder einen Schluck aus der Branntweinflasche und beugte sich ständig vor, um aus den Fenstern zu spähen, ganz als halte sie nach einer Adresse Ausschau – oder, entschied ich, als sammle sie letzte Eindrücke von einem Schauplatz, an den sie sich erinnern wollte. Es war keins von beidem. Sondern dies: »Halten Sie hier«, befahl sie dem Fahrer, und wir parkten in einer Straße in Spanish Harlem. Ein wüstes, ein schrilles, ein tristes Viertel, geschmückt mit Plakaten von Filmstars und Madonnen. Auf dem Bürgersteig wurde Abfall aus Obstschalen und aufgeweichten Zeitungen vom Wind umhergeschleudert, denn der Wind brauste immer noch, auch wenn der Regen aufgehört hatte und am Himmel blaue Flecken auftauchten.

Holly stieg aus dem Auto; sie nahm den Kater mit. Ihn in den Armen haltend, kraulte sie seinen Kopf und fragte: »Was meinst du? Das müsste für einen zähen Kerl wie dich die richtige Gegend sein. Mülltonnen. Ratten in rauhen Mengen. Viele andere Katzen-Stadtstreicher, mit denen du dich herumtreiben kannst. Also verschwinde«, sagte sie und ließ ihn fallen; und als er nicht weglief, sondern sein Haudegengesicht hob und sie aus gelblichen Piratenaugen fragend anblickte, stampfte sie mit dem Fuß auf: »Ich hab gesagt, hau ab!« Er rieb sich an ihrem Bein. »Ich hab gesagt, verpiss dich!«, schrie sie, dann sprang sie ins Auto, knallte die Tür zu und rief dem Fahrer »Los« zu. »Los. Los.«

Ich konnte es nicht fassen. »Also das ist wirklich gemein von dir.«

Wir waren einen Häuserblock weit gefahren, bis sie antwortete. »Ich hab's dir doch gesagt. Wir sind uns einfach eines Tages am Fluss begegnet: das ist alles. Wir sind alle beide unabhängig. Wir haben uns nie irgendwas versprochen. Wir haben nie …«, sagte sie, und ihre Stimme versagte, ein nervöses Zucken, eine kranke Weiße ergriffen ihr Gesicht. Das Auto hielt gerade an einer Ampel. Plötzlich riss sie die Tür auf und rannte die Straße hinunter; ich rannte ihr hinterher.

Aber der Kater war nicht mehr an der Ecke, wo sie ihn zurückgelassen hatte. Da war nichts, niemand, nur ein pinkelnder Betrunkener und zwei schwarze Nonnen, die eine Reihe artig singender Kinder eskortierten. Andere Kinder kamen aus Häusern heraus, und Frauen lehnten sich über ihre Fensterbretter, um sich anzuschauen, wie Holly hierhin und dorthin hastete, auf und ab rannte und rief: »Du. Kater. Wo bist du? Hierher, Kater.« Das trieb sie so lange, bis ein pickliger Junge mit einer alten Katze am Schlawittchen auf sie zu trat: »Willst du schönes Kätzchen, Miss? Gib mir einen Dollar.«

Die Limousine war uns gefolgt. Jetzt ließ sich Holly von mir hinführen. An der Tür zögerte sie; sie sah an mir vorbei, vorbei an dem Jungen, der immer noch seine Katze anbot (»Fünfzig Cent. Fünfundzwanzig vielleicht?

Fünfundzwanzig, das ist nicht viel«), und sie erschauerte, sie musste sich an meinem Arm festhalten. »Oh, mein Gott. Wir haben doch zueinander gehört. Er hat mir gehört.«

Dann gab ich ihr ein Versprechen, ich sagte, ich würde zurückkommen und ihren Kater auftreiben: »Und ich werde mich auch um ihn kümmern. Ich verspreche es.«

Sie lächelte: diesen neuen, freudlosen Strich von einem Lächeln. »Aber was ist mit mir?«, sagte sie im Flüsterton und zitterte wieder. »Ich habe sehr große Angst, mein Junge. Ja, endlich. Denn vielleicht geht das immer so weiter. Nicht zu wissen, was dir gehört, bis du's weggeworfen hast. Das rote Elend, das ist gar nichts. Das fette Weib, das ist gar nichts. Aber das: mein Mund ist so trocken, dass ich nicht ausspucken könnte, selbst wenn mein Leben davon abhinge.« Sie stieg in den Wagen, sank in den Sitz. »Tut mir leid, Fahrer. Auf geht's.«

TOMATOS TOMATE VERSCHWUNDEN. Und: FILMSTERNCHEN VON UNTERWELT BESEITIGT. Nach einiger Zeit berichtete die Presse jedoch: MAFIA-FLITTCHEN NACH RIO GEFLOHEN. Offenbar wurden von den amerikanischen Behörden keinerlei Anstrengungen unternommen, um ihre Auslieferung zu erwirken, und bald verkümmerte das Ganze zu einer gelegentlichen Erwähnung in den Klatschspalten; als etwas Berichtenswertes wurde es nur noch einmal wiederbelebt: am ersten Weihnachtsfeiertag, als Sally Tomato in Sing-Sing einem Herzanfall erlag. Monate vergingen, ein ganzer Winter,

ohne ein Wort von Holly. Der Besitzer des Sandsteinhauses verkaufte ihre Hinterlassenschaften, das Bett mit
dem weißen Satin, den Gobelin, ihre kostbaren gotischen
Lehnstühle; ein neuer Mieter bezog die Wohnung, sein
Name war Quaintance Smith, und er empfing ebenso viel
Herrenbesuch lautstarker Natur wie Holly – allerdings
hatte Madame Spanella in diesem Fall nichts dagegen,
sondern war regelrecht in den jungen Mann vernarrt und
versorgte ihn immer, wenn er ein blaues Auge hatte, mit
Filet Mignon. Aber im Frühling kam eine Postkarte. Sie
war mit Bleistift gekritzelt und mit einem Lippenstiftkuss
unterschrieben: *Brasilien war schauderhaft, Buenos Aires
dagegen fabelhaft. Nicht Tiffany, aber fast. Bin an Hüften
verbunden mit Ia $enor. Liebe? Glaub ja. Schau mich je-
denfalls nach Behausung um ($enor hat Frau, 7 Gören) und
werde Dich Adresse wissen lassen, sobald ich sie selber weiß.
Mille tendresse.* Aber die Adresse, falls es sie je gab, wurde
nie geschickt, was mich traurig machte, denn es gab so
vieles, was ich ihr schreiben wollte: dass ich zwei Erzählungen *verkauft* hatte, dass ich gelesen hatte, wo die
Trawlers gegenseitig auf Scheidung klagten, und dass ich
aus dem Sandsteinhaus auszog, weil es darin spukte. Aber
hauptsächlich wollte ich ihr von ihrem Kater berichten.
Ich hatte mein Versprechen gehalten; ich hatte ihn gefunden. Wochenlang durchstreifte ich nach der Arbeit die
Straßen von Spanish Harlem, und oft gab es falschen
Alarm – ich erhaschte einen Blick auf ein rot getigertes
Fell, doch bei näherem Hinsehen stellte sich heraus, er
war es nicht. Aber eines Tages, an einem kalten, sonnigen
Wintersonntagnachmittag, war er es. Flankiert von Topf-

pflanzen und eingerahmt von sauberen Spitzengardinen, saß er am Fenster eines warm aussehenden Zimmers: ich fragte mich, wie sein Name lauten mochte, denn ich war sicher, dass er jetzt einen hatte, sicher, dass er irgendwo angekommen war, wo er hingehörte. Ich hoffe, Holly ist es auch, und sei es in einer afrikanischen Hütte.

Truman Capote wurde 1924 in New Orleans geboren; er wuchs in den Südstaaten auf, bis ihn seine Mutter als Achtjährigen zu sich nach New York holte. Mit zwanzig katapultierte ihn die Magazinpublikation von *Miriam*, eine seiner ersten Kurzgeschichten, ins öffentliche Scheinwerferlicht. Für *Miriam* erhielt er 1946 den O.-Henry-Preis. Weitere ebenfalls ausgezeichnete Erzählungen folgten, bis 1948 sein erster Roman *Andere Stimmen, andere Räume* erschien, der als das sensationelle Debüt eines literarischen Wunderkindes gefeiert wurde. 1949 kam die Kurzgeschichtensammlung *Baum der Nacht* heraus, 1950 die Reisebeschreibung *Lokalkolorit*, 1951 der Roman *Die Grasharfe*. Das 1958 veröffentlichte *Frühstück bei Tiffany* erlangte auch dank der Verfilmung mit Audrey Hepburn große Berühmtheit. 1965 erschien der mehrmals verfilmte »Tatsachenroman« *Kaltblütig*, 1973 *Die Hunde bellen* (Storys und Porträts), 1980 *Musik für Chamäleons* (Erzählungen und Reportagen). Postum wurden 1987 der unvollendete Roman *Erhörte Gebete* und 2005 das neu entdeckte, eigentliche Debüt *Sommerdiebe* veröffentlicht. Truman Capote starb 1984 in Los Angeles, rund einen Monat vor seinem sechzigsten Geburtstag.

Das gesamte Werk von Truman Capote erscheint auf Deutsch in der Zürcher Ausgabe, herausgegeben von Anuschka Roshani, bei Kein & Aber.

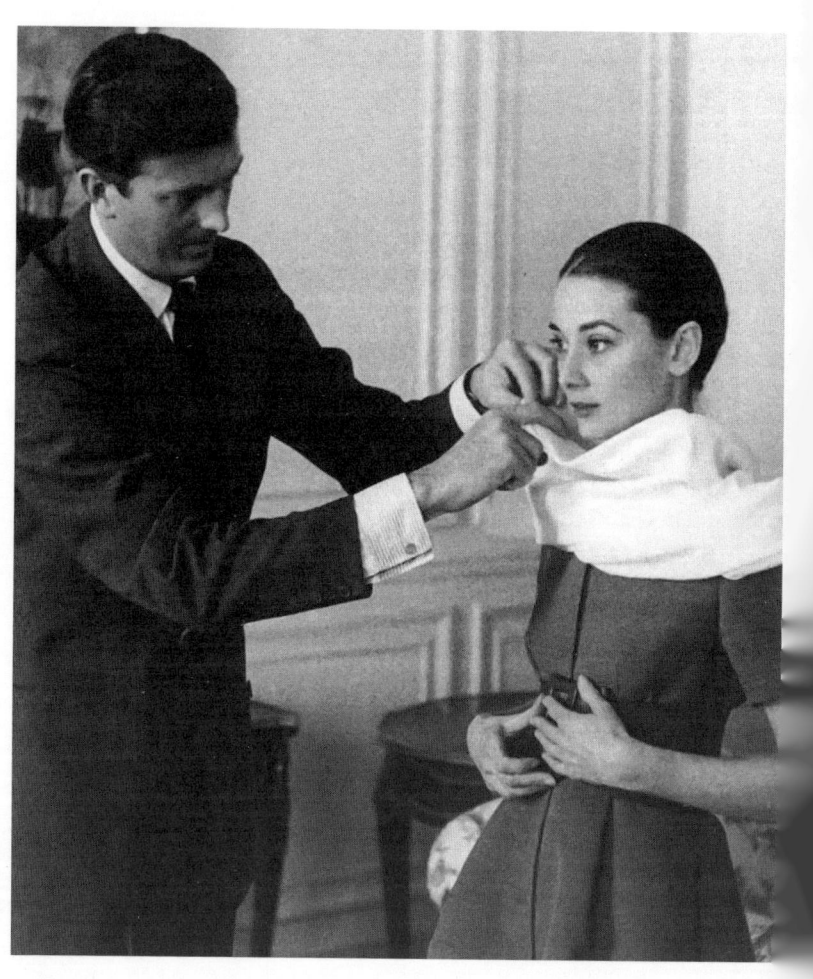

Hubert de Givenchy, geboren 1927 in Beauvais, zählt zu den berühmtesten französischen Modeschöpfern des 20. Jahrhunderts. Mit der Schauspielerin Audrey Hepburn durch eine lebenslange Freundschaft verbunden, schuf er für sie nicht nur eine Vielzahl von Filmkostümen, sondern auch einen Großteil ihrer privaten Garderobe. Unvergessen bleibt das legendäre »kleine Schwarze«, in dem Audrey Hepburn alias Holly Golightly in der Eingangsszene von *Frühstück bei Tiffany* durch das morgendliche New York spaziert.